KB269826

"너도 필낭(筆囊)을 벗어 이 위에 얹어라."

도무지 거역할 엄두가 나지 않는 음성이었다. 그는 영문도 모르고 필낭을 벗어

종이와 곡식 꾸러미 위에 얹었다. 그러자 선생은 소매에서 그 무렵에는

당황(唐黃)으로 불리던 성냥을 꺼내더니 거기에다 불을 붙였다.

결국 고죽의 삶을 지배한 것은 사모와 동경 쪽이었다. 새로운 세계의 강렬한 유혹을 억누르고 신학문을 포기했을 때 이미 예측됐던 것처럼 그는 어느새 자신도 모를 열정으로 석담 선생을 흉내내고 있었다.

다시 읽는 이문열

금시조

이문열 지음 / 고성원 그림

맑은소리

문학, 지성과 품성을 만드는 생명의 언어

허 병 두
서울 숭문고 교사
교육부 독서교육발전자문위원회 위원
EBS FM '책과의 만남' 진행자
'책으로 따뜻한 세상 만드는 교사들' 대표

문학작품은 우리네 삶을 들여다보는 거울이다. 그 거울은 작가의 예리한 통찰력과 풍부한 상상력으로 닦여져 읽는이의 눈을 예리하게 틔워 주고 그윽하게 만든다. '자, 세상은 이런 거야. 그리고 삶은 이렇게 사는 거야.' 빛나는 거울 속에서 퉁겨져 나온 언어들이 세상과 인생의 깊은 속내를 전해 준다. 때로는 깊은 생각에 턱을 고이게 하고, 때로는 격렬하게 가슴을 적셔오는 언어들… 문학은 바로 이러한 언어들의 축제다.

그래서 문학작품은 영혼이 푸른 시절에 읽으면 더욱 좋다. 잔잔한 아침바다 위에 떠오른 해류들이 먼길을 떠날 채비를 서두르며 뒤척이듯이 문학작품은 삶이라는, 망망대해로 떠나가는 작은 조각배를 생기롭게 한다. ‘그래, 이쪽으로 가는 거야. 바로 여기가 삶의 보물이 묻혀 있는 곳이지.’ 이처럼 문학작품은 푸른 영혼들의 삶에 방향을 제시하며 인생을 풍요롭게 해 준다.

우리 문학사에서 1920~30년대의 문학은 커다란 의미를 갖는다. 이 당시의 문학은 식민지 시대의 민족적 아픔 속에서 그 후의 현대 문학을 성숙하게 하는 역할을 하였다. 훌륭한 문인들이 속속 등장하여 민족의 영혼을 쓰다듬고 우리 문학의 앞길을 제시해 주었던 것이다. 특히 단편 문학의 뛰어난 성과는 책갈피를 넘길 때마다 눈길과 손길을 모두 멈추게 한다.

그런 측면에서 볼 때 이번에 더욱 알차고 새롭게 엮어져 나온 도서출판 맑은소리의 한국 대표작가 문학 선집 ‘다시 읽는 명작 시리즈’는 청소년들이 읽기에 안성맞춤이다. 명작이라고 그저 활자들의 감옥처럼 만들어

딱딱하고 고압적인 느낌이 들게 했던 종래의 책들과는 달리 이제 막 세상에 눈을 뜨는 청소년 독자들이 읽기 좋게 여러 모로 배려되어 있다. 1920~30년대의 문학 작품들에서 출발하여, 앞으로 1920년 이전의 근대 문학부터 최근의 현대 문학에 이르기까지 계속해서 폭넓게 기획·출간될 이 시리즈는 특히 원전을 고스란히 살리되 해당 작가의 작품세계를 대표하는 엄선된 작품들, 그리고 작품의 깊은 속내를 충분히 이해하고 즐길 수 있도록 그려진 삽화들 덕분에 책을 읽고 난 독자들은 그 작가의 나머지 작품세계까지도 파고들고 싶은 욕심이 날 듯싶다.

문학은 생존 이전에 인간이 지녀야 할 지성과 품성을 만들어 주는 생명의 언어들이다. 모쪼록 여러분의 삶을 늘 지켜 주고 밝혀 줄 생명의 언어들을 '다시 읽는 명작 시리즈'에서 만나기를 바란다. 여러분이 책갈피를 넘기며 만나게 되는 빛나는 언어들은 어느 험한 굽이에서 여러분을 굳게 잡아 줄 것이다.

새로운 《금시조》의 탄생에 부쳐

《금시조》는 이른바 '예술가 소설'이다. 80년, 등단 두 해째인 신출내기 작가였던 나는 이 작품에서 관점을 달리하는 동양적 미의식과 서구적 예술론의 충돌을 살펴보려 했다. 그것은 그때 나를 가장 절실하게 몰아대던 문제이기도 하다.

그런데 어느새 20년이 흘러가고 그동안 《금시조》는 여러 형태로 많은 독자들과 만났다. 잔칫상의 웃기처럼 선집류(選集類)마다 첫머리에 얹히다 보니 독자들에게 가장 낯익은 작품일지도 모르겠다. 번역판도 《우리들의 일그러진 영웅》과 비슷해 일여덟 나라에 퍼져 있다. 하지만 삽화를 넣은 것은 이번 '맑은소리' 출판사의 기획이 처음이 아닌가 한다.

　이미 어지럽게 나와 있는 판본들에 하나를 더 보태는
민망함이 없지 않으나 그림이 가지는 설득력과 감동의
증폭은 또 다른 것이라 여겨 출판에 동의한다. 특히 삽
화를 맡아 주신 고성원 화백은 이 방면의 자질과 능력이
아울러 빼어난 이라 들었다. 부족한 나의 말을 그림으로
훌륭히 채워 줄 것으로 믿는다. 독자들의 한결같은 너그
러움과 보살핌을 감히 빌어 본다.

2001년 초가을 李文烈

· 일러두기 ·

1. 이 책은 해당 작가의 대표적 작품을 중심으로 엮었으며, 작품의 전문을
   수록하였다.
2. 표기는 원문의 느낌 전달 및 효과를 고려하여 가능한 한 원작에 충실을
   기했다.
3. 그러나 작품 속에 나오는 방언이나 속언 중에서 올바른 의미 전달을 위
   해 꼭 필요하다고 생각된 단어는 현대 표기법에 따랐다.
4. 원문의 오자 및 띄어쓰기는 개정된 한글 맞춤법에 따랐고, 외래어도 현
   행 외래어 표기법에 따랐다.
5. 그 밖의 이해하기 어렵거나 현재 잘 사용하지 않는 단어는 괄호 안에 뜻
   풀이를 달았다.
6. 대화체와 인용은 “ ”로, 독백이나 생각·강조는 ‘ ’로, 작품명이나 기
   타 제목은 〈 〉로, 책명은 《 》로, 잡지나 신문명은 『 』로 표시하였다.

다시 읽는 이문열

금시조

금시조

　무엇인가 빠르고 강한 빛줄기 같은 것이 스쳐간 느낌에 고죽(古竹)은 눈을 떴다. 얼마 전에 가까운 교회당의 새벽 종소리를 들은 것 같은데 어느새 아침이었다. 동쪽으로 난 장지 가득 햇살이 비쳐 드러난 문살이 그날따라 유난히 새까맣다. 고개를 돌려 주위를 살피려는데 그 작은 움직임이 방안의 공기를 휘저은 탓일까. 엷은 묵향(墨香)이 콧속으로 스며들었다. 고매원(古梅園)인가, 아니, 용상 봉무(龍翔鳳舞)일 것이다. 연전(年前)에 몇 번 서실을 드나든 인연을 소중히 여겨 스스로 문외 제자(門外弟子)

를 자처하는 박 교수가 지난봄 동남아를 들러 오는 길에 사 왔다는 대만산의 먹이다. 그때도 이미 운필(運筆)은커녕 자리보전을 하고 누웠을 때라 고죽은 왠지 그 선물이 고맙기보다는 서글펐었다. 그래서 고지식한 박 교수가,

"머리맡에 갈아 두고 향내라도 맡으시라고……." 하며 속마음 그대로 털어놓는 것을, 예끼, 이 사람, 내가 귀신인가, 향내나 맡게…… 하고 핀잔까지 주었지만, 실은 그대로 되고 말았다. 문안 오는 동호인들이나 문하생들을 핑계로, 육십 년 가까운 세월을 함께 지내 온 분위기를 바꾸지 않으려고 매일 아침 머리맡에서 먹을 가는 추수(秋水)의 갸륵한 마음씨에 못지않게 그 묵향 또한 좋았던 것이다.

묵향으로 보아 추수가 다녀간 것임에 틀림없었다. 조금 전에 그의 잠을 깨운 강한 빛줄기는 어쩌면 그 아이가 나가면서 연 장지문 사이로 새어든 햇살이었을 게다. 고죽은 그렇게 생각하며 살며시 몸을 일으켜 보았다. 마비되다시피 한 반신 때문에 쉽지가 않았다. 사람을 부를까 하다가 다시 마음을 돌리고 누웠다. 아침의 고요함과 평안과 그리고 이제는 고통도 아무것도 아닌 쓸쓸함

을 의례적인 문안과 군더더기 같은 보살핌으로 깨뜨리고 싶지 않았다.

참으로—고죽은 천장의 합판 무늬를 멍하니 바라보며 생각했다—이 한 살이(生)에서 나는 오늘과 같은 아침을 얼마나 자주 맞았던가. 아무도 없이, 그렇다, 아무도 없이…… 몽롱한 유년에도 그런 날들은 수없이 떠오

른다. 다섯인가 여섯인가 되던 어느 아침에도 그는 장지
문 가득한 햇살을 혼자 맞은 적이 있다. 밖에는 숨죽인
곡성이 은은하고— 그러다가 흰옷에 산발한 어머니가
그를 쓸어안고 혼절하듯 쓰러진 것은, 너무 오래 혼자
버려져 있다는 기분에 이제 한 번 큰 소리로 울음이나
터뜨려 볼까 하던 때였다. 또 있다. 그때는 제법 일여덟
이 되었을 때인데 전날 어머님과 함께 잠이 들었던 그는
또 홀로 아침을 맞게 되었다. 역시 할머니가 와서 그를
쓸어안고 우시면서 이렇게 넋두리처럼 왼 것은 방안의
고요가 갑자기 섬뜩해져 문을 열고 나서려던 참이었다.

"아이고, 내 새끼, 이 불쌍한 새끼를 어쩔꼬? 그 몹쓸
년이, 탈상도 못 참아서……."

그 뒤 숙부의 집으로 옮긴 후에도 대개가 홀로 깨는
아침이었다. 숙모는 언제나 병들어 다른 방에 누워 있었
고, 숙부는 집보다 밖에서 더 많은 밤을 새웠다. 그런
숙부의 서책(書冊) 냄새 밴 방에 홀로 잠드는 그로서는
또한 아침마다 홀로 깨어나지 않을 수 없었다.

생각이 유년으로 돌아가자 고죽은 어쩔 수 없이 지금
과 같은 그의 삶 속으로 어린 그가 내던져진 첫날을 떠

올렸다. 오십 년이 되는가, 아니면 육십 년? 어쨌든 열 살의 나이로 숙부의 손에 끌려 석담(石潭) 선생의 고가를 찾던 날이었다.

이상도 하지, 까마득히 잊고 지냈던 지난날의 어떤 순간을 뜻밖에도 뚜렷하고 생생하게 되살리게 되는 것 또한 늙음의 징표일까. 근년에 들수록 고죽은 그날의 석담 선생을 뚜렷하고 생생하게 기억할 수 있었다. 이제 갓 마흔에 접어들었건만 선생의 모습은 이미 그때 초로의 궁한 선비였다.

"어쩌겠나? 석담, 자네가 좀 맡아 줘야겠네. 내가 이 땅에만 있어도 죽이든 밥이든 함께 끓여 먹고 거두겠네만."

숙부는 그렇게 말했다. 무슨 일인가로 쫓기고 있던 숙부는 기어이 국외로 망명할 결심을 굳힌 것이었다.

"병든 아내를 맡기는 터에 이 아이까지 처가에 짐이 되게 하고 싶지는 않네. 맡아 주게. 가형(家兄)의 한 점 혈육일세."

그러나 아무런 표정 없이 듣고 있던 석담 선생은 대답 대신 물었다.

"자네 상해, 상해 하지만 실제로 거기 뭐가 있는지 아는가? 말이 임시 정부라고는 해도 집세도 못 내 쩔쩔매는 판에 하찮은 싸움질로 지고 새고 한다더군. 거기다가 춘강(春江) 선생님께서 아직까지 거기 계신다는 보장도 없지 않은가?"

"여긴들 대단한 게 뭐 있겠나? 어찌 됐건 맡아 주겠는가, 못하겠는가?"

그러자 석담 선생은 한동안 말없이 그를 바라보더니 가벼운 한숨과 함께 대답했다.

"먹고 입히는 것이야—어떻게 해 보겠네. 하지만 아이를 기른다는 것이 어찌 그뿐이겠는가……."

"고마우이, 석담. 그것만이면 족하네. 가르치는 일은 근심 말게. 이놈의 세상이 어찌 될지 모르니 가르친들 무얼 가르치겠나? 성명 삼자는 이미 깨우쳐 주었으니 일단은 그것으로 되었네."

그렇게 말한 숙부는 그에게 돌아섰다.

"너 이 어른께 인사 올려라. 석담 선생이시다. 내가 다시 너를 찾으러 올 때까지 부모처럼 모셔야 한다."

그러나 숙부는 끝내 다시 그를 찾으러 오지 않았다. 나중에, 그러니까 그로부터 이십 년이 훨씬 지난 후에야

환국하는 임시 정부의 일행 사이에 늙은 숙부가 끼어 있더라는 소문을 들은 적이 있었지만, 그 무렵 무슨 일인가로 분주하던 그가 이듬해 상경했을 때는 이미 찾을 길이 없었다.

숙부와 동문이요, 오랜 지기였던 석담 선생은 퇴계(退溪)의 학통을 이었다는 영남 명유(名儒)의 후예였다. 웅혼한 필체와 유려한 문인화로 한말 3대가의 하나로 꼽히

기도 하지만, 사실 스승 춘강이 일생을 흠모했다는 추사
(秋史)처럼 예술가라기보다는 학자에 가까웠다.

"너 글을 배웠느냐?"

숙부가 떠나고 석담 선생이 그에게 처음으로 물은 말
은 그러했다.

"동몽 선습(童蒙先習)을 떼었습니다."

"그렇다면 소학(小學)을 읽어라. 그걸 읽지 않으면 몸
둘 바를 모르게 된다."

그러나 그뿐이었다. 그 뒤 그는 몇 안 되는 선생의 문
하생들 사이에서 몇 년이고 거듭 소학을 읽었지만 선생
은 끝내 못 본 체했다. 그러다가 열셋 되던 해에 선생은
그를 난데없이 가까운 소학교로 데려갔다.

"세월이 바뀌었다. 너는 아직 늦지 않았으니 신학문을
익히도록 해."

결국 그의 유일한 학력이 된 소학교였다. 나중의 일이
야 어찌 됐건, 그걸로 보아 선생에게는 처음부터 그를
문하(門下)로 거둘 뜻은 없었음에 틀림이 없었다.

돌아가신 스승을 떠올리게 되자 고죽의 눈길은 습관

적으로 병실 모서리에 걸린 석담 선생의 진적(眞蹟)에 머물렀다. 모든 것이 넉넉지 못한 때에 쓴 것에다 오랫동안 표구를 하지 않은 채 보관해 온 터라, 종이는 바래고 낙관의 주사(朱砂)도 날아가 희미한 누른색을 띠고 있었지만 스승의 필력만은 여전히 살아 꿈틀거리고 있었다.

金翅劈海 香象渡河 금시벽해 향상도하

불행히도 석담 선생은 외아들을 호열자로 잃고 또 특별히 제자를 택해 의발(衣鉢)을 전한 것도 아니어서, 임종 후로는 줄곧 석담의 고가를 지킨 고죽에게는 비교적 스승의 유품이 많았다. 그러나 장년을 분방히 떠다니는 동안 돌보지 않은데다 동란까지 겹쳐 남아 있는 진적은 몇 점 되지 않았다. 언젠가 고죽은 병석에서 이제 머지 않아 스승을 뵈올 터인즉 후인(後人)의 용렬함을 어떻게 변명하겠는가, 하며 탄식한 적이 있는데 그 속에는 자신의 그와 같은 소홀함에 대한 뉘우침도 있었을 것이다. 그런데 그 중요한 예외가 지금의 액자였다. 그가 일평생 싫어하면서도 두려워하고, 이르고자 하면서도 넘어서

고자 했던 스승의 가르침이 거기에 들어 있었기 때문이었다. 더 이상 붓을 놀릴 수 없는 요즈음에 와서도 그 액자의 자획 사이에서 석담 선생의 준엄한 눈길을 느낄 정도였다.

스물일곱 때의 일이었다. 조급한 성취감에 빠진 그는 스승에게 알리지도 않고 문하를 빠져나왔다. 좋게 말하면 자기 확인을 위해서였고, 나쁘게 말해서는 자기 과시의 기회를 찾아서였다. 그리고 그 뒤 석 달 간 적어도 그 자신에게는 성공적인 유력(遊歷)이었다. 적파(赤坡)의 백일장에서는 장원을 했고, 내령(內嶺)·청하(淸夏)·두산(쿄山) 등 몇 군데 남아 있던 영남의 서당에서는 진객이 되었으며, 더러는 산해진미에 묻혀 부호의 사랑에서 유숙하기도 했다. 석 달 뒤에 그동안 글씨나 그림을 받아가고 가져온 종이와 붓값 대신 받은 곡식을 한 짐 지어 돌아올 때만 해도 그의 호기는 만장이나 치솟았다. 그러나 석담 선생의 반응은 뜻밖이었다.

"그걸 내려놓아라."

문 앞을 가로막은 석담 선생은 먼저 짐꾼에게 메고 온 것을 내려놓게 했다. 그리고 이어 그에게도 말하였다.

"너도 필낭(筆囊)을 벗어 이 위에 얹어라."

도무지 거역할 엄두가 나지 않는 음성이었다. 그는 영문도 모르고 필낭을 벗어 종이와 곡식 꾸러미 위에 얹었다. 그러자 선생은 소매에서 그 무렵에는 당황(唐黃)으로 불리던 성냥을 꺼내더니 거기에다 불을 붙였다.

"선생님, 어쩔 작정이십니까?"

그제야 황급하게 묻는 그에게 석담 선생은 냉엄하게 대답했다.

"네 숙부의 부탁도 있고 하니 한 식객으로는 내 집에 붙여 두겠다. 그러나 그 선생님이란 말은 앞으로 결코 입에 담지 말아라. 아침에 붓을 쥐기 시작하여 저녁에 자기 솜씨를 자랑하는 그런 보잘것없는 환쟁이를 나는 제자로 기른 적이 없다."

그 뒤 고죽은 노한 스승의 용서를 받는 데 꼬박 이 년이 걸렸다. 처음 문하의 끝자리를 얻을 때보다 훨씬 참기 어려운 혹독한 시련의 세월이었다. 그리고 지금 올려 보고 있는 바로 그 감격적인 사면(赦免)을 받던 날 석담 선생이 손수 써서 내린 것이었다.

글을 씀에, 그 기상은 금시조(金翅鳥)가 푸른 바다를 쪼

개고 용을 잡아올리듯 하고, 그 투철함은 향상(香象)이 바닥으로부터 냇물을 가르고 내를 건너듯 하라…….

그러고 보면 어렵고 어려웠던 입문의 과정도 고죽의 기억 속에는 일생을 가도 씻기지 않는 한과도 흡사한 빛 속에 싸여 있다.

그 어떤 예감에서였는지 석담 선생은 처음 그를 숙부에게서 떠맡을 때부터 차가운 경계로 대했다. 명문이라고는 해도 대를 이은 유자(儒子)의 집이라 본시 물려받은 살림도 많지 않았지만, 그리고 그 무렵은 그나마도 줄어 몇 안 되는 문인들이 봄가을에 올리는 쌀섬에 의지해 살아가고는 있었지만, 어린 그를 받아들인다는 것이 석담 선생의 심기를 건드릴 만큼 경제적인 부담은 아니었다. 거기다가 나중 그가 자라 거의 지탱할 수 없는 스스로의 살림을 도맡아 살 때조차도 석담 선생의 그런 태도는 조금도 변하지 않았던 것으로 보아 거기에는 무언가 본질적인 문제가 있었다.

남들이 한두 해면 읽고 지나갈 소학을 몇 년씩이나 거듭 읽도록 버려 둔 것하며, 열셋이나 된 그를 소학교 4학년에 집어넣어 굳이 자신의 학문과는 거리가 먼 곳으로 밀어낸 것도 석담 선생의 그런 태도와 연관을 가지는 것이었다.

　그런데 거기 못지않게 이해할 수 없는 것은 그런 석담 선생에 대한 그 자신의 감정이었다. 스승의 생전 내내, 그는 스승에 대한 형언할 수 없는 사모와 그에 못지않은 격렬한 미움으로 뒤얽혀 보내었다. 가만히 돌이켜 보면, 그런 그의 감정 역시 어떤 필연적인 논리와는 멀었지만, 그것이 뚜렷이 자리 잡기 시작한 시기만은 대강 짐작이 갔다. 열여섯에 소학교를 졸업하고 석담 선생의 집안에 남은 후부터 열여덟에 정식으로 입문할 때까지였다. 그 동안 그는 학비를 도와 주겠다는 당숙 한 분의 호의도 거절하고, 또 나날이 달라지는 세상과 거기에 상응하는 신학문에 대한 동경도 외면한 채, 가망 없는 석담 선생의 살림을 맡아 꾸려 나갔다. 이미 문인들이 가져오는 쌀섬으로는 부족하게 된 양식은 소작 내준 몇 뙈기 논밭을 스스로 부쳐 충당했고, 한 점의 땔감을 위해서는 이십 리 삼십 리도 마다하지 않았다.

　사람들은 그런 그를 갸륵하게 여겼지만 실은 그때부터 그의 가슴에는 석담 선생을 향한 치열한 애증의 불꽃이 타오르고 있었다. 봄날 산허리를 스쳐 가는 구름 그늘처럼, 또는 여름날 소나기가 씻어 간 들판처럼, 가을 계곡의 물처럼, 눈 그친 후에 트인 겨울 하늘처럼 유유하고 신선하고 맑고 고요하면서도 또한 권태롭고 쓸쓸하고 적막한 석담 선생의 삶은 그에게는 언제나 까닭 모를 동경인 동시에 불길한 예감이었다. 선생이 알 듯 말 듯한 미소에 젖어 조는 듯 서안(書案) 앞에 앉아 있을 때, 그리하여 당신의 영혼은 이제는 다만 지난 영광의 노을로서만 파악되는 어떤 유연한 세계를 넘나들 때나 신기(神氣)가 번득하는 눈길로 태풍처럼 대필(大筆)을 휘몰아 갈 때, 혹은 뒤꼍 한 그루의 해당화 그늘 아래서 탈속한 기품으로 난을 뜨고 거문고를 어룰 때는 그대로 경건한 삶의 한 사표(師表)로 보이다가도, 그 자신이 돌보아 주지 않으면 반년도 안 돼 굶어 죽은 송장을 쳐야 할 것 같은 살림이나, 몇몇 늙은이와 이제는 열 손가락 안으로 줄어든 문인들을 빼면 일 년 가야 찾아 주는 이 없는 퇴락한 고가나, 고된 들일에서 돌아오는 그를 맞는 석담 선생의 무력한 눈길을 대할 때면 그것이야말로 반드시 벗어나야 할 무슨 저주로운 운명처럼 느껴졌다.

　그러나 결국 고죽의 삶을 지배한 것은 사모와 동경 쪽
이었다. 새로운 세계의 강렬한 유혹을 억누르고 신학문
을 포기했을 때 이미 예측됐던 것처럼 그는 어느새 자신
도 모를 열정으로 석담 선생을 흉내내고 있었다. 문인들
이 잊고 간 선생의 체본(體本), 선생이 버린 서화의 파지
나 동도(同道)들과 주고받다 올린 문인화 같은 것들이 그
의 주된 체본이었지만 때로는 대담하게 문갑(文匣)에서
빼내기도 했다.

처음 한동안 그가 썼던 지필(紙筆)은 후년에 이르러 회
상할 때조차도 가슴에 썰렁한 바람이 일게 하는 것들이
었다. 작은 글씨는 스스로 만든 사판(沙板)이나 분판(紛板)
에 선생의 문인들이 쓰다 버린 몽당붓을 주워서 익혔고,
큰 글씨는 남의 상석(床石)에 개꼬리빗자루로 쓴 후 물로
씻어내리곤 했다. 내가 맨 처음 자신의 붓과 종이를 가
져 본 것은 선생 몰래 붓방과 지물포에 갈비(솔잎) 한 짐
씩을 해다 준 후였다…….

석담 선생은 나중에 그걸 고죽의 아망(아이들이 부리는
오기)이라고 나무랐다지만, 그렇게 어려운 수련을 하면
서도 그가 끝내 석담 선생에게 스스로 입문을 요청하기
는커녕 자신의 뜨거운 소망을 비치기조차 않은 것은 그
둘의 관계로 보아 잘 믿어지지 않는다. 그러나 그것이야
말로 그의 예술적인 자존심, 어떤 종류의 위대한 영혼에
게서 발견되는 본능적인 오만이나 아니었던지.

그러던 어느 날이었다. 아침 일찍부터 석담 선생 내외
가 나란히 집을 비워 그 홀로 지키게 된 그는 선생의 서
실을 치우다가 문득 야릇한 충동을 느꼈다. 그때까지의
연마를 한눈으로 뚜렷이 보고 싶다는 충동이었다. 마침

석담 선생이 간 곳은 백 리 길이 넘는 어떤 지방 유림의 시회(詩會)여서 그날 안으로는 돌아올 수 없었다.

그는 곧 서탁을 펼치고 선생의 단계석(端溪石) 벼루에 먹을 갈기 시작했다. 선생의 법도에 따라 연진에 먹물 한 방울 튀기지 않고 묵지(墨池)가 차자 선생이 필낭에 수습하고 남긴 붓과 귀한 화선지를 꺼냈다.

먼저 그는 해서(楷書)로 안체(顔體) 쌍학명(雙鶴銘)을 임사(臨寫)했다. 추사(秋史)가 예천명(醴泉銘 : 구양순이 쓴 九成宮醴泉銘구성궁예천명)을 정서(正書)로 익히는 데에 으뜸으로 치던 것처럼 석담 선생이 문인들에게 가장 힘써 익히기를 권하던 것인데, 종이와 붓이 익숙해짐과 동시에 체본과 흡사한 자획이 나왔다. 다음도 역시 안체 근례비(勤禮碑)…… 차츰 그는 고심 참담하면서도 황홀한 경지로 빠져들었다.

그러다가 그가 돌연한 호통 소리에 정신을 차린 것은 그 무렵 들어 익히기 시작한 난정서(蘭亭序) 첫머리 '永和九年歲在癸丑 (영화구년세재계축)……'을 막 끝낸 직후였다.

"이놈, 그만두지 못하겠느냐?"

놀라 눈을 들어보니 어느새 어둑해진 방안에 석담 선

생이 우뚝 서서 내려다보고 있었다. 호통 소리는 높았지만 얼굴에는 노기보다 까닭 모를 수심과 체념이 서려 있었다. 그 곁에는 시(詩), 서(書), 화(畵), 위기(圍基), 점복(占卜), 의약(醫藥) 등 일곱 가지에 두루 능하다 해서 칠능군자(七能君子)란 별호를 가진 운곡(雲谷) 최 선생이 약간 기괴하다는 표정으로 서 있었다.

당황한 그는 방안 가득 널려 있는 글씨들을 허겁지겁 주워 모았다. 예상과는 달리 석담 선생은 그런 그를 망연히 바라보고만 있었다. 그때 운곡이 나섰다.

"글씨는 두고 가거라."

허둥거리며 방안을 치운 후에 자신이 쓴 글씨를 들고 문을 나서는 고죽에게 이르는 말이었다. 고죽은 거의 반사적으로 시키는 대로 따랐다. 야릇한 호기심과 흥분으로 이내 사랑채 부근으로 돌아와 방안의 소리에 귀를 기울였다.

그사이 불이 밝혀진 방안에서는 한동안 종이 부스럭거리는 소리만 들리더니 이윽고 운곡이 물었다.

"그래, 진실로 석담께서 가르치시지 않았단 말씀이오?"

"어깨 너머 배웠다면 모르되 나는 결코 가르친 바 없소."

석담 선생의 왠지 우울하고 가라앉은 대답이었다.

"그렇다면 실로 놀라운 일이오. 천품(天品)을 타고났소."

"……."

"왜 제자로 거두시지 않으셨소?"

"비인부전(非人不傳) ― 운곡께서는 왕우군(王右軍 : 왕희지)의 말을 잊으셨소?"

"그럼 저 아이에게 가르침을 전하지 못할 만큼 사람답지 못한 데가 있단 말씀이오?"

"첫째로 저 아이에게는 재기(才氣)가 너무 승하오. 점획(點劃)을 모르고도 결구(結構)가 되고, 열두 필법을 듣지 않고도 조정(調停)과 포백(布白)과 사전(使轉)을 아오. 재기로 도근(道根)이 막힌 생래의 자장(字匠)이오."

"온후하신 석담답지 않으신 말씀이오. 석담께서 그 도근을 열어 주시면 될 것 아니겠소."

"그게 쉽겠소? 게다가 저 아이에게는 문자향(文字香)과 서권기(書券氣)가 있을 리 없소. 그런데도 이 난(蘭)은 제법 간드러진 풍류로 어우러지고 있소."

"석담의 문하가 된 연후에도 문자향과 서권기에 빠질 리가 있겠소? 그만 거두시구려."

"본시 내가 맡은 것은 저 아이의 의식(依食)뿐이었소. 나는 저 아이가 신문학이나 익혀 제 앞을 가리기를 바랐는데⋯⋯."

"석담, 도대체 왜 그러시오? 인연이 없는 자도 배움을 구해 찾아들면 쫓을 수 없는 법인데, 벌써 칠팔 년이나 한솥밥을 먹고 지낸 저 아이에게만 유독 냉정한 건 무슨 일이시오? 듣기에 저 아이는 벌써 몇 년째 석담의 어려운 살림을 도맡아 산다는데, 그 정성이 가긍하지도 않소?"

거기서 문득 운곡의 목소리에 결기가 서렸다. 운곡도 석담 선생과 그 사이의 기묘한 관계를 들은 게 있는 모양이었다.

"너무 허물하지 마시오. 실은 나 자신도 왜 저 어린아이가 마음에 걸리는지 알 수 없소. 왠지 저 아이를 볼 때마다 이건 악연(惡緣)이다, 이런 기분뿐이오."

석담 선생의 목소리가 가볍게 떨렸다.

"그럼 이렇게 하는 것이 어떻겠소? 석담, 정 거리끼신다면 사흘에 한 번이라도 좋으니 저 아이를 내게 보내시오. 이미 저 아이는 이 길을 벗어나기는 틀린 것 같소."

"그러실 필요는 없소이다. 내가 길러 보겠소."

그때 석담 선생께서 악연이라 한 것은 무엇을 가리키는 말이었을까. 그리고 그렇게 말하면서도 갑자기 그를 받아들인 것은 무엇 때문이었을까.

고죽이 석담 문하에 정식으로 이름을 얹은 것은 그 다음날이었다. 하지만 그렇다고 무슨 엄숙한 입문 의식이

있었던 것은 아니었다. 그날도 여느 때처럼 지게를 지고 대문을 나서는 고죽을 석담 선생이 불렀다.

"이제부터는 들일을 나가지 말아라."

마치 지나가면서 하는 듯한 말투였다. 그리고 갑작스

런 명(命)에 어리둥절해 있는 고죽을 흘끗 건너보고는 약간 소리 높여 재촉했다.

"지게를 벗고 사랑에 들란 말이다."

—그것이 그들 사제간의 숙명적인 입문 의식이었다.

갑자기 방문을 여는 소리에 아련한 과거를 헤매이던 고죽의 의식이 현실로 돌아왔다. 잘 모아지지 않는 시선으로 문께를 보니 매향(梅香)이 들어서고 있었다. 그러자 이상하게 등줄기가 서늘해지며 눈앞이 밝아왔다. 얼마나 원망스러웠으면 이리로 찾아왔을꼬—고죽은 회한과도 흡사한 기분에 젖어 다가오는 매향을 바라보았다. 그러나 아니었다.

"아버님, 일어나셨습니까?"

추수였다. 가만히 다가와 그의 안색을 살피는 그녀의 화장기 없는 얼굴에 짙은 수심이 끼어 있었다. 그는 힘을 다해 몸을 일으켰다. 그런 기색을 알아차렸던지 추수가 가만히 거들어 등받이에 기대 주었다. 몸을 일으키기가 어제보다 한결 불편해진 것이 그 자신에게도 저절로 느껴졌다.

"과일 즙이라도 좀 내올까요?"

추수가 다시 물었다. 그는 대신 그런 그녀의 얼굴을 멀거니 살피다가 힘없고 갈라진 목소리로 불쑥 물었다.

"네 어미를 기억하느냐?"

그가 이렇게 묻자, 추수가 놀란 듯한 눈길로 그를 올려다보았다. 마지막으로 데리고 살던 할멈이 죽은 후 칠 년이나 줄곧 그 곁에서 시중을 들어왔지만 한 번도 듣지 못한 물음이었기 때문인 것 같았다. 사실 그는 그보다 더 긴 세월을 매향의 이름조차 입에 담지 않았었다.

"사진밖에는……."

그럴 테지, 불쌍한 것, 핏덩이 같은 것을 친정에 떼어두고 다시 기방(妓房)에 나간 지 이태도 안 돼 그 어리석은 짓을 저질렀으니…….

"그런데 아버님, 그건 왜?"

"나는 조금 전에 네 어미가 들어오는 줄 알았다."

"……."

"원래가 늙어 죽을상은 아니었지만, 그렇게 서두를 필요도 없었는데……."

그가 그렇게 말하며 새삼 비감에 젖는 것을 보자 일순

묘하게 굳어졌던 추수의 얼굴이 원래대로 풀어졌다.

"과일 즙이라도 좀 내올까요?"

이윽고 분위기를 바꾸려고나 하는 듯이 추수가 다시 물었다. 그도 얼른 매향의 생각을 떨치며 대답했다.

"작설(雀舌) 달여 둔 것이 있으면 그거나 한 모금 내오너라."

그러자 추수는 잠깐 창을 열어 안 공기를 갈아 넣은 후 조용히 방을 나갔다.

그 어떤 열정이 나를 그토록 세차게 휘몰았던 것일까 ─추수가 내온 식힌 작설을 마시면서 고죽은 처음 매향을 만나던 무렵을 회상했다. 서른다섯, 두 번째로 석담 선생의 문하를 떠난 그는 그로부터 십 년 가까운 세월을 이곳저곳 떠돌며 보내었다.

이미 중·일전쟁이 가까운 때였지만, 아직도 유림이며 서원 같은 것이 한 실체로 명맥을 잇고 있었고, 시회(詩會)며 백일장, 휘호회(揮毫會) 같은 것들이 이따금씩 열리고 있을 때였다. 시(詩)·서(書)·화(畵)에 두루 빼어났다 해서 삼절(三絶) 선생이라고까지 불리던 석담의 전인(傳人)이었기 때문인지, 아니면 그 스승에게 꾸중을 들어가며 참가한 몇 번의 선전(鮮展) 입선(入選) 덕분인지 그의 여행은 억눌리고 찌든 시대에 비하면 비교적 호사스러웠다. 한 달에 한 번 정도는 팔도 어디선가 그에게 상좌(上座)를 내주는 모임이 있었고, 한 고을에 하나쯤은 서화(書畵) 한 장에 한 달의 노자(路資)를 내줄 줄 아는 토호(土豪)가 남아 있었다.

고죽이 진주에 들르게 된 것도 그런 세월 중의 일이었다. 무슨 휘호회인가로 그곳에서 잔치와 같은 열흘을 보내고 붓을 닦으며 행랑을 꾸리려는데 난데없는 인력거 한 채가 회장(會場)으로 쓰던 저택 앞에 머물러 그를 청했다. 전에도 없던 일은 아니었으나 재촉 속에 타고 나니 인력거는 당시 진주에서는 첫째가는 무슨 관(館)으로 들어갔다. 두 칸 장방에 상다리가 휘도록 요리상을 벌여 놓고 그를 기다리는 것은 뜻밖에도 대여섯의 일본 사람과 조선인 두엇이었다. 서화를 아는 관공서의 장들과 개화된 지방 유지들이었다.

매향은 그 술자리에 불려 나온 기생들 중의 하나였다. 한창 술자리가 무르익어 갈 무렵 그 자리를 마련한 듯 보이는 동척(東拓)의 조선인 간부가 기생들을 향해 빙글

거리며 물었다.

"누가 오늘 저녁에 이 선생님을 모시겠느냐?"

그러자 기생들 사이에서 간드러진 웃음이 한동안 일더니 그중의 하나가 쪼르르 다가와 그 앞에서 다홍치마를 걷었다. 드러난 것은 화선지 같은 흰 비단 속치마였다. 스물두어 살이나 될까, 화려한 얼굴도 아니었고 요염한 교태도 없었지만 이상하게도 사람을 끄는 데가 있는 여자였다. 보아온 대로 필낭을 끄르면서도 그는 한꺼번에 치솟는 술기운을 느꼈다.

"네 이름이 뭐냐?"

"매향입니다."

그녀는 전혀 주위를 의식하지 않는 듯 당돌하게 대답했다. 오히려 당황한 쪽은 그였다.

"그럼 매(梅)를 한 그루 쳐야겠구나."

그는 애써 태연한 척 말했지만 붓 든 손이 떨리는 것은 어쩔 수 없었다. 그런데 나중에까지도 알 수 없던 것은 그가 친 매였다. 떠나온 스승에 대한 자괴감 때문인지 그녀의 속치마에 떠오른 것은 그 자신의 매가 아니라 석담 선생의 매였다. 등걸은 마르고 비틀어지고, 앙상한 가지

에는 매화 두어 송이, 그것도 거의가 아직 피지 않은 봉
오리였다. 곁들인 글귀도 석담 선생의 것이었다.

梅一生寒不賣香 매일생한불매향

얼핏 보아서는 매향의 이름에서 딴 것 같지만, 일생을
얼어 지내도 향기를 팔지 않는다는 내용이 일제 말 권번

기(券番妓)의 속치마에 어떻게 어울리겠는가. 그러나 지금까지도 남모르는 부끄러움으로 남아 있는 일은 정작 그 뒤에 있었다.

"이 매가 어찌 이렇게 춥고 외롭습니까?"

낙관이 끝나고 매향이 그렇게 물었을 때 그는 매향에게만 들릴 만큼 낮고 침중하게 대답했다.

"정사초(鄭思肖)의 난에 뿌리가 드러나지 않은 걸 보았느냐?"

그리고 뒤이어 역시 궁금히 여기는 좌중에게는 정월의 매화이기 때문이라고 설명했지만, 매향은 분명 알아들은 눈치였다. 정사초의 난초를, 망국의 한과 슬픔을 표현하는 그 드러난 뿌리(露根)를.

그 밤 매향은 스스럼없이 그에게 몸을 맡겼다.

"이 추운 겨울밤에 제 속치마를 적시셨으니 오늘 밤은 선생님께서 제 한몸을 거두어 주셔야겠습니다."

그 뒤 그는 매향과 함께 넉 달을 보내었다. 언젠가 흥겨움에 취해 넘은 봄꽃 화려한 영마루의 기억처럼 이제는 다만 즐거움과 달콤함의 추상만이 남아 있는 세월이었다. 그러다가 이윽고 그들의 날은 끝났다. 그가 망국의 한을 서화로 달래며 떠도는 선비가 아니었던 것처럼 그녀 역시 적장(敵將)을 안고 강물로 뛰어드는 의기(義妓)는 아니었다. 그가 자신도 모르는 열정에 휘몰려 떠도는 한낱 예인(藝人)에 불과하다면 그녀 또한 돌보아야 할 부모 형제가 여덟이나 되는 가무기(歌舞妓)일 뿐이었다.

둘은 처음으로 결정된 일을 실천하듯 미움도 원망도 없이 헤어졌다. 매향은 권번으로 돌아가고, 그는 그 무렵 전주에서 열리게 된 동문의 전람회를 바라고 떠났다. 그것이 이 세상에서 마지막 이별이었다.

그런데 이듬해 가을에 그렇게 헤어진 매향이 자신의 씨로 지목되는 딸아이를 낳았다는 소문을 들었다. 그때 마침 내설악의 산사(山寺) 사이를 헤매고 있던 그는 별 생각 없이 추수(秋水)란 이름을 지어 보냈다. 슬프도록 맑은 가을 계곡의 물이 그 아이의 앞날에 대한 어떤 예감으로 그의 의식 깊이 와 닿은 것일까.

그러고 다시 몇 년인가 후에 그는 매향이 죽었다는 소문을 들었다. 어떤 부호의 첩으로 들어앉은 그녀는 마나님의 등쌀에 견디다 못해 석 냥이나 되는 생아편을 물에 타 마시고 젊은 목숨을 스스로 끊었다는 것이었다. 비정이라 해야 할지, 매향의 그 같은 불행한 죽음을 전해 들어도 그는 별다른 슬픔을 느끼지 못했다. 다만 그녀의 몸을 빌려 태어난 자기의 딸이 있었다는 것과 그 아이가 어디서 어떻게 지내고 있는가 하는 것을, 그것도 얼핏 떠올렸을 뿐이었다.

그러나 그가 정작 추수의 얼굴을 처음 대하게 된 것은 그가 살고 있는 도시의 여학교로 그녀가 진학을 하게 된 뒤의 일이었다. 불행하게 죽은 누이 덕분으로 그런 대로 한 살림 마련한 그녀의 외삼촌은 누이에 대한 감사를 하나뿐인 생질녀를 돌보는 일로 대신한 탓에 그녀는 별로 어려움 없이 지내고 있었지만, 그는 가끔씩 딸을 만나러 그 여학교엘 들르곤 했다. 다가오는 노년과 더불어 새삼 그리워지는 혈육의 정을 달래기 위해서였다.

그러다가 그들 부녀가 한집에 기거하게 된 것은 비교적 근년의 일이었다.

이 도시에 서실(書室)을 열고 집칸을 마련하여 정착하게 되면서부터 얻어 산 할멈이 죽자 다시 홀로가 된 그에게 월남전에서 남편을 잃고 역시 홀로가 된 추수가 찾아든 것이었다. 칠 년 전의 일로, 그때 추수의 나이는 가 없게도 스물여섯이었다.

탕제(湯劑) 마시듯 미음 한 공기를 마신 고죽은 억지로 몸을 일으켜 세웠다. 미음 그릇을 들고 나가던 추수가 비틀거리는 그를 부축하며 물었다.

“오늘도 나가시겠어요?”

“나가야지.”

“어제도 허탕치시지 않았어요? 오늘은 김군만 보내 둘러보게 하시지요.”

“직접 나가 봐야겠다.”

지난여름에 퇴원한 이래 거의 넉 달 동안 그는 하루도 거르지 않고 도심의 화랑가를 돌았다. 자신의 작품이 나오기만 하면 무조건 거두어들이는 것이었는데, 처음 거두어들일 때만 해도 특별히 이렇다 할 계획이 있었던 것은 아니었다. 그러나 지금은 차츰 어떤 결론으로 접근하고 있었다.

그것은 명확한 죽음의 예감과 결부된 것이었다. 담당의인 정 박사는 담담하게 자신의 완쾌를 통고하였으나, 여러 가지로 미루어 그의 퇴원은 일종의 최종적인 선고였다. 줄을 잇는 문병객도 그러했지만, 그림자처럼 붙어

시중하는 추수의 표정에도 어딘가 어둠이 깃들여 있었
다. 제대로 음식을 받아들이지 못하는 그의 위도 정 박
사가 말한 완쾌와는 멀었다. 입원 당시와 같은 격렬한
통증은 없었지만, 그는 그의 세포가 발끝에서부터 하나
씩 하나씩 파괴되어 오고 있는 듯한 느낌을 떨쳐 버릴
수 없었다.

　"초헌(草軒)은 아직 연락이 없느냐?"

초헌은 추수가 김군이라고 부르는 제자의 아호였다. 그로부터 직접 호(號)를 받은 마지막 제자로 몇 년째 그의 서실에 기식하고 있는 젊은이였다.

"반 시간쯤 있다가 들른다고 했어요. 하지만 오늘은 집에서……."

"아니, 나가 봐야겠다. 채비를 해다오."

그는 간곡히 말리는 추수를 약간 엄한 눈길로 건너본 후 천천히 방안을 걸어 보았다. 몇 발짝도 옮기기 전에 눈앞이 가물거리며 몸이 자꾸만 기울어졌다. 추수가 근심스런 눈으로 그런 그를 바라보다가 그가 다시 이부자리에 기대앉자 조용히 밖으로 나갔다. 그의 눈에 다시 돌아가신 스승의 휘호가 가득히 들어왔다.

석담 선생의 말처럼 정말로 그들의 만남은 악연이었을까. 그가 문하에 든 후에도 그들 사제간의 묘한 관계는 변함이 없었다. 석담 선생은 그가 중년에 들 때까지도 가슴속에 원망으로 남아 있을 만큼 가르침에 인색했다. 해자(楷字)부터 다시 시작할 때였다. 선생은 붓을 쥐기 전에 먼저 추사의 서결(書訣)을 외우도록 했다.

글씨가 법도로 삼아야 할 것은 텅 비게 하여 움직여 가게 하는 것이다. 마치 하늘과 같으니, 하늘은 남북극이 있어서 그것으로 굴대를 삼아 그 움직이지 않는 곳에 잡아매고, 그런 후에 그 하늘을 항상 움직이게 한다. 글씨가 법도로 삼는 것도 역시 이와 같을 뿐이다. 이런 까닭으로 글씨는 붓에서 이루어지고, 붓은 손가락에서 움직여지며, 손가락은 손목에서 움직여진다. 그리고 어깨니 팔뚝이니 팔목이니 하는 것은 모두 그 오른쪽 몸뚱어리라는 것에서 움직여진다……

대개 그런 내용으로 시작되는 사백 자 가까운 서결이 있는데, 고죽은 그걸 한 자 빠뜨림 없이 외어야 했다. 그다음에 내준 것이 이미 선생 몰래 써 본 안진경(顏眞卿)의 법첩 한 권이었다.

"네가 이걸 백 번을 쓰면 본(本)은 될 것이고, 천 번을 쓰면 잘 쓴다 소리를 들을 것이며, 만 번을 쓰면 명필 소리를 들을 수 있을 것이다."

가르침은 오직 그뿐이었다. 그전과 달라진 것이 있다면 드러내놓고 연마할 수 있다는 것과 이틀에 한 번씩 운곡 선생에게 들러 한학(漢學)을 배우게 된 정도였을까. 그러다가 꼬박 삼 년이 지난 후에 딱 한 마디를 덧붙였다.

"숨을 멈추어라."

이미 삼천 번을 쓴 연후에도 해자가 여전히 뜻대로 어울리지 않아 탄식할 때였다.

사군자에 있어서도 별로 다르지 않았다. 이를테면 난을 칠 때에도 순수 임사(臨寫)한 석파 난권(石坡蘭券 : 大院君대원군의 蘭草集난초집) 한 권을 내밀며 말했다.

"선자리에서 성불(成佛)할 수 없고, 또 맨손으로 용을 잡을 수가 없다. 오직 많이 쳐 본 후에라야만 가능하다."

그리고는 그뿐이었다. 가끔씩 어깨 너머로 그의 난을 구경하는 일이 있어도 입을 열어 자상하게 그 법을 일러 주는 일은 없었다. 그러다가 그의 난이 거의 어우러져 갈 무렵에야 한 마디 덧붙였다.

"왼쪽부터 쳐라. 돌은 붓을 거슬러 써야지."

또 석담 선생은 제자의 성취를 별로 기뻐하는 법이 없었다. 입문한 지 십 년에 가까워지면서 그의 솜씨는 선생의 동도들에까지 은근한 감탄으로 오르내리게 되었다. 그러나 선생은 그런 말만 들으면 언제나 냉엄하게 잘라 말했다.

　"이제 겨우 흉내를 낼 수 있을 뿐이오."

　스물일곱 적에 그가 선생의 집을 나서게 된 것도 아마는 그런 선생의 냉담함에 대한 반발이었을 것이다. 그러나 세상 사람들의 칭송을 들으면 들을수록 이상하게도 그는 반드시 스승의 칭찬을 받고 싶었다. 그것이 그를 석담 곁으로 되돌아오게 만들고, 다시 용서를 받을 때까지의 이 년에 가까운 모멸과 수모를 참아내게 한 원인이었을 것이다.

　그 이 년 동안 다시 옛날의 불목하니로 돌아가 농사를 돌보고 나뭇짐을 해 나르는 그를 선생은 대면조차 꺼렸다. 한번은 견딜 수 없는 충동 때문에 선생 몰래 붓을 잡아본 적이 있었다. 은밀히 한 일이었지만, 그걸 알아차린 선생은 비정하리만치 매몰차게 말했다.

　"나가서 몸을 씻고 오너라. 네 몸의 먹 냄새는 창부의 지분 냄새보다 더 견딜 수 없구나……."

　그 뒤 다시 용서를 받고, 선생의 사랑방에서 지필을 만지는 것이 허락된 후에도 석담 선생의 태도는 별로 달라지지 않았다. 아니 오히려 그가 나이를 먹고 글씨가

무르익어 갈수록 선생의 차가운 눈초리에는 이해할 수 없는 불안까지 번쩍였다. 느긋해지는 것은 차라리 고죽 쪽이었다. 그런 스승의 냉담과 비정에 반평생 가까이 시달려 오는 동안, 그는 단순히 그것에 둔감해지거나 익숙해지는 이상 스승이 괴로워하고 불안해하는 것을 찾아내어 행함으로써 그로 인한 스승의 분노와 탄식을 즐기게까지 되었다. 몇 번의 단체 전람회원 선전(鮮展) 참가 같은 것이 그 예였다.

하지만 그들 불행한 사제간이 완연히 갈라서게 되는 날이 점점 가까워 오고 있었다. 석담 선생이 불안해한 것, 그리고 그가 늘 스승을 경원하도록 만든 것이 세월과 더불어 하나 둘 모습을 드러내게 된 것이었다.

본질적으로 일치될 수 없는 것은 그들의 예술관이라 할까, 서화에 대한 그들의 견해였다. 석담 선생의 글씨는 힘을 중시하고 기(氣)와 품(品)을 숭상했다. 그러나 그는 아름다움을 중히 여기고 정(情)과 의(意)를 드러내고자 힘썼다. 그림에서도 석담 선생은 서화를 심화(心畵)로 여겼고, 그는 물화(物畵), 즉 자신의 내심보다는 대상에 충실하려고 했다. 그 대표적인 예가 그들 사제 사이에 있었던 유명한 매죽(梅竹) 논쟁이었다.

사군자 중에서 석담이 특히 득의해하던 것은 대나무와 매화였다. 그런데 그 대나무와 매화가 한일 합병을 경계로 이상한 변화를 일으켰다. 대원군도 신동의 그림으로 감탄했다는 석담의 대나무와 매화는 원래 잎과 꽃이 무성하고 힘차게 뻗은 것이었으나 그때부터 점차 시들고 메마르고 뒤틀리기 시작한 것이었다. 그것은 후년으로 갈수록 심해 노년의 것은 대 한 줄기에 이파리 세개, 매화 한 등걸에 꽃 다섯 송이가 넘지 않았다. 고죽에게는 그것이 불만이었다.

"선생님께서는 어째서 대나무의 잎을 따고 매화의 꽃을 훑어 버리십니까?"

이제는 고죽도 장년이 되어 석담 선생이 전처럼 괴팍을 부리지 못하게 되었을 때, 고죽이 그렇게 물었다.

"망국의 대나무가 무슨 흥으로 그 잎이 무성하며, 부끄럽게 살아남은 유신(遺臣)의 붓에서 무슨 힘이 남아 매화를 피우겠느냐?"

"정소남(所南 : 정사초)은 난의 노근(露根)을 드러내어 망송(亡宋)의 한을 그렸고, 조맹부는 훼절(毁節)하여 원(元)에 출사(出仕)했지만 정소남의 난초만 홀로 향기롭고 조맹부의 송설체(松雪體)가 비천하다는 말은 듣지 못했습니다."

"서화는 심화(心畵)이니라. 물(物)을 빌려 내 마음을 그리는 것인즉 반드시 물의 실상(實相)에 얽매일 필요는 없다."

"글씨 쓰는 일이며 그림 그리는 일이 한낱 선비의 강개(慷慨)를 의탁하는 수단이라면, 그 얼마나 덧없는 일이겠습니까? 또 그렇다면 장부로 태어나 일평생 먹이나 갈고 화선지나 더럽히는 것이 얼마나 부끄러운 일입니까? 모르긴 하되 나라가 그토록 소중한 것일진대는, 그 흔한 창의(倡義)에라도 끼어들어 한 명의 적이라도 치고 죽는 것이 더욱 떳떳할 것입니다. 그런데도 가만히 서실에 앉아 대나무 잎이나 떼어내고 매화나 훑는 것은 나를 속이고 물을 속이는 일입니다."

"그렇지 않다. 물에 충실하기로는 거리에 나앉은 화공이 훨씬 앞선다. 그러나 그들의 그림이 서푼에 팔려 나중에 방바닥 뚫어진 것을 메우게 되는 것은 뜻이 얕고 천했기 때문이다. 너는 그림이며 글씨 그 자체에 어떤 귀함을 주려고 하지만, 만일 드높은 정신의 경지가 곁들여 있지 않으면 다만 검은 것은 먹이요, 흰 것은 종이일 뿐이다."

이와 비슷한 것으로는 예도(藝道) 논쟁이 있다. 역시 고죽이 장년이 된 후에 있었던 것으로 시작은 고죽의 이러한 물음이었다.

"선생님 서화는 예(藝)입니까, 법(法)입니까, 도(道)입니까?"

"도다."

"그럼 서예(書藝)라든가 서법(書法)이라는 말은 왜 있습니까?"

"예는 도의 향이며, 법은 도의 옷이다. 도가 없으면 예도 법도 없다."

"예가 지극하면 도에 이른다는 말이 있습니다. 예는 도의 향이 아니라 도에 이르는 문이 아니겠습니까?"

"장인들이 하는 소리다. 무엇이든 항상 도 안에 있어야 한다."

"그렇다면 글씨며 그림을 배우는 일도 먼저 몸과 마음을 닦는 일이겠군요?"

"그렇다. 그래서 왕우군(王右軍)은 비인부전(非人不傳)이란 말을 했다. 너도 이제 그 뜻을 알겠느냐?"

이미 육순에 접어들어 늙음의 기색이 완연한 석담 선생은 거기서 문득 밝은 얼굴이 되어 일생을 불안하게 여겨 오던 제자의 얼굴을 살폈다. 그러나 고죽은 끝내 그의 기대를 채워 주지 않았다.

"먼저 사람이 되기 위해서라면 이제 예닐곱 살 난 학동들에게 붓을 쥐어 자획을 그리게 하는 것은 어찌 된 일입니까? 만약 글씨에 도가 앞선다면 죽기 전에 붓을 잡을 수 있는 이가 몇이나 되겠습니까?"

"기예를 닦으면서 도가 아우르기를 기다리는 것이다. 평생 기예에 머물러 있으면 예능(藝能)이 되고, 도로 한 발짝 나가게 되면 예술이 되고, 혼연히 합일되면 예도가 된다."

"그것은 예가 먼저고 도가 뒤라는 뜻입니다. 그런데도 도를 앞세워 예기(藝氣)를 억압하는 것은 수레를 소 앞에다 묶는 격이 아니겠습니까?"

그것은 석담 문하에 든 직후부터 반생에 이르는 고죽의 항변이기도 했다. 그에 대한 석담 선생의 반응도 날카로웠다. 그를 받아들일 때부터의 불안이 결국 적중하고 만 것 같은 느낌 때문이었으리라.

"이놈, 네 부족한 서권기(書卷氣)와 문자향(文字香)을 애써 채우려 들지는 않고 도리어 요망스런 말로 얼버무리려 하느냐? 학문은 도에 이르는 길이다. 그런데 너는 경서(經書)에도 뜻이 없었고, 사장(詞章)도 즐거워하지 않았다. 오직 붓끝과 손목만 연마하여 선인들의 오묘한 경지를 여실하게 시늉하고 있으니 어찌 천예(賤藝)와 다름이 있겠는가? 그래 놓고도 이제 와서 부끄러워하기는커

녕 오히려 앞사람의 드높은 정신의 경지를 평하려 들다
니, 뻔뻔스러운 놈.”

　그러다가 급기야 그들 두 불행한 사제가 돌아서는 날
이 왔다. 고죽이 서른여섯 나던 해였다.

　그 무렵 고죽은 여러 면에서 몹시 지쳐 있었다. 다시
석담의 문하로 돌아간 그 팔 년 동안의 그의 고련(苦練)
은 열성스럽다 못해 참담할 지경이었다. 하도 자리를 뜨지 않고 서화에 열중하는 바람에 여름이면 엉덩이께가 견디기 힘들 만큼 진물렀고, 겨울에는 관절이 굳어 일어나 상 받기가 어려울 지경이었다. 석담 선생의 말없는 꾸짖음을 외면한 채 서화가 관련이 없으면 어떤 것도 보지 않았고 어떤 말도 듣지 않았다. 이미 그전에 십 년 가까이 석담 문하에서 갈고 닦았지만, 후년에 이르기까지도 고죽은 그 팔 년을 생애에서 가장 귀중한 부분으로 술회하곤 했다. 그전의 십 년이 오직 석담의 경지에 이르고자 노력한 십 년이라면, 그 팔 년은 석담으로부터 벗어나려는 몸부림의 팔 년이었다.

그사이 그의 기법은 난숙해졌고, 거기에 비례해서 그의 이름도 차츰 그 세계에 알려지게 되었다. 평자에 따라서 다르지만, 어떤 이는 지금도 재기와 영감이 번득이는 그 시절의 글씨와 그림을 일생의 성취 중에서 으뜸으로 치고 있다. 그러나 고죽은 불타 버린 후의 적막과 공허라고 할까, 차츰 깊이 모를 허망감에 빠져들어 갔다.

그것은 대략 두 가지 방향에서 온 허망감이었다. 그 하나는 묵향과 종이 먼지 속에 속절없이 흘러가 버린 그의 청춘이었다. 그에게는 운곡의 중매로 맞아들인 아내와 두 아이가 있었지만 그들은 처음부터 문갑(文匣)이나 서탁(書卓)처럼 필요의 대상이었지 열정의 대상은 아니었다. 그의 젊음, 그의 소망, 그의 사랑, 그의 동경은 오직 쓰고 또 쓰는 일에 바쳐졌을 뿐이었다. 그런데 이제 그의 젊음이 늦가을의 가지 끝에 하나 남은 잎새처럼 애처롭게 펄럭이는 순간도 모든 걸 바쳐 추구했던 것은 여전히 봉우리 너머의 무지개처럼 멀고 도달이 불확실했다…….

그다음 그의 허망감을 자극한 것은 점차 한 서예가로 성장해 가면서 부딪치게 된 객관적인 자기 승인의 문제였다. 열병과도 같은 몰입에서 서서히 깨어나면서부터 고죽은 스스로에게 자조적으로 묻곤 했다. 내가 무슨 짓을 해 왔으며, 하고 있냐고. 그리고 스승과 다툴 때의 의미와는 다르게 되물었다. 장부로서 이 땅에 태어나 한 평생을 먹이나 갈고 붓이나 어루면서 보내도 괜찮은 것인가고. 어떤 이는 조국의 광복을 위해 해외로 떠나고, 혹은 싸우다가 죽거나 투옥되었으며, 어떤 이는 이재(理財)에 뜻을 두어 물산(物産)을 일으키고 헐벗은 이웃을 돌보았다. 어떤 이는 문화 사업을 통해 몽매한 동족을 일

깨웠고, 어떤 이는 새로운 학문에 전념하여 지식으로 사회에 봉사하였다. 그런데도 자신의 반생은 어떠하였던가. 시선은 언제나 그 자신에게만 쏠려 있었고, 진지하고 소중하게 여겼던 지난날의 그 힘든 수련도 실은 쓸쓸한 삶에서의 도피거나 주관적인 몰입에 불과하였다. 자신만을 향해 있는 삶, 오오, 자신만을 향해 있는 삶…….

그런데 그 가을의 어느 날이었다. 이미 가끔씩 노환으로 자리보전을 하던 석담 선생은 그날도 병석에서 일어나기 바쁘게 종이와 붓을 찾았다. 그것도 그 무렵에는 거의 쓰지 않던 대필(大筆)과 전지(全紙)였다. 벌써 몇 달째 종이와 붓을 가까이 않던 고죽은 그런 스승의 집착에 까닭 모를 심화를 느끼며 먹을 갈기 바쁘게 스승의 곁을 물러나고 말았다. 어딘가 모르게 스승의 과장된 집착에는 제자의 방황을 비웃는 듯한 느낌이 드는 데가 있었던 것이다. 그러나 한동안 뜰을 서성이는 사이에 그는 문득 늙은 스승의 하는 양이 궁금해졌다.

방에 돌아오니 석담 선생은 붓을 연적에 기대 놓고 눈을 감은 채 숨을 헐떡이고 있었다. 바닥에는 방금 쓰다가 그만둔 것인 듯 '萬毫齊力 (만호제력)' 넉 자 중에서 앞

의 석 자만이 쓰여져 있었다.

"소재(蘇齋 : 翁方網 옹방망)는 일흔여덟에 참깨 위에 '天下泰平(천하태평)' 넉 자를 썼다고 한다. 나는 아직 일흔도 차지 않았는데 이 넉 자 '萬毫齊力 (만호제력)'을 단숨에 쓸 힘도 남지 않았으니……."

그렇게 탄식하는 석담 선생의 얼굴에는 자못 처연한 기색이 떠올랐다. 그러나 고죽은 그 말을 듣자 억눌렸던 심화가 다시 솟아올랐다. 스승의 그 같은 표정은 그에게는 처연함이 아니라 오히려 자신 만만함으로 비쳤다.

"설령 이 글을 단숨에 쓰시고, 여기서 금시조(金翅鳥)가 솟아오르며 향상(香像)이 노닌들, 그게 선생님을 위해 무슨 소용이겠습니까?"

고죽은 자신도 모르게 심술궂은 미소를 띠며 물었다. 이마에 송글송글 땀이 맺힌 채 기진해 있던 석담 선생은 처음 그 말에 어리둥절한 표정이었다. 그러나 이내 그 말의 참뜻을 알아들은 듯 매서운 눈길로 그를 노려보았다.

"무슨 소리냐? 그와 같이 드높은 경지는 글씨를 쓰는 이면 누구든 일생에 단 한 번이라도 이르러 보고 싶은 경지다."

"거기에 이르러 본들 그것이 우리에게 무엇을 줄 수 있단 말입니까."

고죽도 지지 않았다.

"태산에 올라 보지도 않고, 거기에 오르면 그보다 더 높은 산이 없을까를 근심하는구나. 그럼 너는 일찍이 그들이 성취한 드높은 경지로 후세에까지 큰 이름을 드리운 선인들이 모두 쓸모없는 일을 하였단 말이냐?"

"자기를 속이고 남을 속인 것입니다. 도대체 종이에 먹물을 적시는 일에 도가 있은들 무엇이며, 현묘(玄妙)함이 있은들 그게 얼마나 대단하겠습니까? 도로 이름하면 백정이나 도둑에게도 도가 있고, 뜻을 어렵게 꾸미면 장인이나 야공(冶工)의 일에도 현묘함이 있습니다. 천고에 드리우는 이름이 있다 하나 이 나(我)가 없는데 문자로 된 나의 껍데기가 낯모르는 후인들 사이를 떠돈들 무슨 소용이 있겠으며, 서화가 남겨진다 하나 단단한 비석도 비바람에 깎이는데 하물며 종이와 먹이겠습니까? 거기다가 그것은 살아 그들의 몸을 편안하게 해 주지도 못했고, 헐벗고 굶주리는 이웃을 도울 수도 없었습니다. 그들은 그 허망함과 쓰라림을 감추기 위해 이를 수도 없고

증명할 수도 없는 어떤 경지를 설정하여 자기를 위로하고 이웃과 뒷사람을 홀렸던 것입니다……."

그때였다. 고죽은 불의의 통증으로 이마를 감싸안으며 엎드렸다. 노한 석담 선생이 앞에 놓인 벼루 뚜껑을 집어던진 것이다. 샘솟듯 솟는 피를 훔치고 있는 고죽의 귀에 늙은 스승의 광기 어린 고함 소리가 들려 왔다.

"내 일찍이 네놈의 천골(賤骨)을 알아보았더니라. 가거라. 너는 진작부터 저잣거리에 나앉아야 할 놈이었다. 용케 천골을 숨기고 오늘날에 이르렀으니 이제 나가면 글씨 한 자에 쌀됫박은 후히 받을 게다……."

결국 그 자리가 그들의 마지막 자리였다. 그 길로 석담 선생의 집을 나선 고죽이 다시 돌아온 것은 이미 스승의 시신이 입관된 뒤였다.

벌써 십여 년 전의 일이건만 고죽은 아직도 희미한 아픔을 느끼며 이제는 주름살이 덮여 흉터가 별로 드러나지 않는 왼쪽 이마 어름을 만져 보았다. 그러나 그와 함께 떠오르는 스승의 얼굴은 미움도 두려움도 아닌, 그리움 그것이었다.

"아버님, 김군이 왔습니다."

다시 추수의 목소리가 그를 끝 모를 회상에서 깨나게 하였다. 이어 방문이 열리며 초헌(草軒)의 둥글넓적한 얼굴이 나타났다. 대할 때마다 만득자(晚得子)를 대하는 것과 같은 유별난 애정을 느끼게 하는 제자였다. 사람이 무던하다거나 이렇다 할 요구 없이 일 년 가까이나 그가 없는 서실을 꾸려 가고 있는 탓도 있겠지만 그보다는 글씨 때문이었다. 붓 쥐는 법도 익히기 전에 행서(行書)를 휘갈기고, 점획 결구(點劃結構)도 모르면서 초서(草書)며 전서(篆書)까지 그려대는 요즈음 젊은이들답지 않게 초헌은 스스로 정서(正書)로 만 삼 년을 채웠다. 또 서력(書歷) 칠 년이라고는 하지만 칠 년을 하루같이 서실에만 붙어 산 그에게는 결코 짧은 것이 아닌데도 그 봄의 고죽 문하생 합동전에는 정서 두어 폭을 수줍게 내놓았을 뿐이었다. 그러나 그의 글은 서투른 것 같으면서도 이상한 힘으로 충만돼 있어, 고죽에게는 남모를 감동을 주곤 했다. 젊었을 때는 그토록 완강하게 거부했지만 나이가 들수록 그윽하게 느껴지는 스승 석담의 서법을 연상케 하는 데가 있었기 때문이었다.

"오늘도 나가 보시렵니까? 추수 누님 말을 들으니, 거동이 불편하신 것 같은데……."

병석의 스승에게 아침 문안도 잊은 채 초헌은 엉거주춤한 자세로 더듬거렸다. 그의 내숭스러워 뵈기까지 하는 어눌(語訥)도 젊었을 때의 고죽 같으면 분명 못 견뎌 했

을 것이리라. 하지만 고죽은 개의치 않고 부드럽게 말했
다.

"그러니까 한 점이라도 더 거두어들여야지. 그래, 시
립 도서관에 있는 것은 기어이 내놓지 않겠다더냐?"

"전임자에게서 인수 인계 받을 때 품목에 있던 것이라
어쩔 수 없다고 했습니다."

"매계(梅溪)의 횡액(橫額)을 준다고 해도?"

"누구의 것이라도 품목을 바꿀 수는 없다는 게 관장님
의 말씀이었습니다."

"알 수 없는 것들이로구나. 오늘은 내가 직접 만나 봐
야겠다."

"정말 나가시겠습니까?"

"잔말 말고 가서 차나 불러오너라."

고죽이 다시 재촉하자 초헌은 묵묵히 나갔다. 궁금하
다는 표정은 여전하였지만 스승이 왜 그렇게 집요하게
자신의 작품을 거두어들이려 하는지는 그날도 역시 묻
지 않았다.

날씨는 화창했다. 젊은 제자의 부축을 받고 화방 골목

입구에서 내린 고죽은 차례로 화방을 돌기 시작했다. 몇 달째 반복되고 있는 순례였다.

"아이구, 고죽 선생님, 오늘 또 나오셨군요. 하지만 들

어온 건 하나도 없습니다. 선생님의 건강이 나쁘시단 소문이 돌았는지 모두 붙들고 내놓질 않는 모양이에요."

고죽을 아는 화방 주인들이 그런저런 인사로 반겨 맞았다. 계속 허탕이었다. 그러다가 다섯 번째인가 여섯 번째 화방에서 낯익은 글씨 한 폭을 찾아냈다. 행서 족

자였다. 낙관의 고죽에 고자가 옛 고(古)가 아니라 외로울 고(孤)로 되어 있는 것으로 보아 두 번째로 석담 문하를 떠나 떠돌 때의 글씨 같았다.

"내 운곡 선생의 난초 한 폭을 줌세. 되겠는가?"

그런 제안에 주인은 은근히 좋아하는 눈치였다. 고죽의 낙관이 있기는 하나 일반으로 외로울 고를 쓴 것은 높게 쳐주지 않을 뿐 아니라 들어온 것도 한눈에 알아볼 정도의 소품이었다. 거기다가 운곡 선생의 난초가 어느 정도인지는 알 수 없으나, 고죽과의 그런 물물 교환에 손해가 없다는 것은 이미 오래전부터 동업자들 사이에 떠도는 소문이었다.

"선생님이 원하신다면 그렇게 해 드리지요."

마침내 주인은 생색 쓰듯 말했다.

"고맙네. 물건은 나중에 이 아이 편에 보내 주지."

"저희가 사람을 보내겠습니다. 아니, 제가 찾아가 뵙죠. 저녁 나절이면 되겠습니까?"

"그러게."

그러자 주인은 족자를 말아 포장할 채비를 했다.

"쌀 필요 없어. 그냥 주게."

고죽이 그런 주인을 말리며 앙상한 손을 내밀었다.
그리고 족자를 받자 응접용의 소파에 가 앉으며 족자
를 폈다.

"잠깐 쉬었다 가지."

누구에게랄 것도 없는 고죽의 말이었다.

玉露磨來濃霧生 옥로마래농무생

銀箋染處淡雲起 은전염처담운기

고죽이 펴든 족자에는 그런 대구가 쓰여 있었다. 그
무렵 한동안 취해 있던 황산곡(黃山谷 : 황정견)체의 행서
였는데, 술 한잔 값으로나 써 준 것인지 자획이 몹시 들
떠 있었다. 그러자 다시 그 시절이 그리움도 아니고 회
한도 아닌, 담담하여 오히려 묘한 빛깔로 떠올랐다.

…… 석담 선생의 문하를 떠나 온 후 한동안 고죽은
스승이 자기를 내쳤다고 믿었다. 함부로 서화를 흩뿌린
대가로 술과 여자에 파묻혀 살면서도 자신은 비정한 스
승에 대한 정당한 보복을 하고 있는 것이라고 생각했다.
그러나 아니었다. 차츰 거리의 갈채와 속인들이 던져 주

는 푼돈에 익숙해지면서, 그리하여 그것들이 가져다 주는 갖가지 쾌락에 탐닉하게 되면서, 진실로 스승을 버리고 떠나 온 것은 그 자신이라는 생각이 들었다.

그는 가끔씩은 지금 자기가 즐기고 있는 세상의 대가가 반생의 추구와는 아무런 관련이 없고, 더구나 지난날의 뼈를 깎는 듯한 수련을 보상하기에는 너무 초라한 것이라는 것을 떠올렸다. 노자 또는 붓 값의 명목으로 그가 받는 그림 값은 비록 고상한 외형은 갖추고 있어도 본질적으로는 기생에게 내리는 행하(行下 : 놀이나 놀음이 끝난 뒤 기생이나 광대에게 주는 보수)와 다를 바 없으며, 그가 받는 떠들썩한 칭송 또한 장마당의 사당패에게 보내는 갈채에 지나지 않았다. 그것들은 결국 마시면 마실수록 더욱 목말라진다는 바닷물 같은 것으로서, 스승의 문하를 떠날 때의 공허감을 더욱 크게 할 뿐이었다.

그런데도 그를 유탕(遊蕩)이며 낭비와도 같은 그 세월에 그토록 잡아 둔 것은 그런 깨달음과 공허감 사이의 묘한 악순환이었다. 저열한 쾌락이 그의 공허감을 자극하고, 다시 그 공허감은 새로운 쾌락을 요구했다.

거기다가 그때까지 억눌리고 절제당해 왔던 그의 피

도 한몫을 단단히 했다. 역시 그 무렵에 고향엘 들러 알게 된 것이지만 그의 부친은 천 석 재산을 동서남북 유람과 주색 잡기로 탕진하고 끝내는 건강까지 상해 서른 몇에 요절한 한량이었고, 그의 모친은 망부(亡夫)의 탈상을 기다리지 못해 이웃집 홀아비와 야반도주를 해 버린 분방한 여자였다. 소년 시절에는 엄격한 스승의 가르침과 그 길밖에는 달리 구원이 없으리라는 절박감에, 그리고 청장년 시절에는 스스로 설정한 이상의 무게에 눌려 잠들어 있었지만, 한번 깨어난 그 피는 걷잡을 수 없게 그를 휘몰았던 것이다. 그는 미친 듯이 떠돌고, 마시고, 사랑하였다.

나중에 소위 대동아 전쟁이 터지고, 일제의 가혹한 수탈이 시작되어 나라 전반이 더할 나위 없는 궁핍을 겪고 있을 때에도 그의 집요한 탐락은 멈출 줄 몰랐다. 아무리 모진 바람이 불어도 덕을 보는 사람이 있듯이 그 총중(叢中)에도 번성하는 부류가 있어 전만은 못해도 최소한의 필요는 그에게 제공해 주었던 것이다. 변절로 한몫 잡은 친일 인사들, 소위 그 문화적인 내지인(內地人)들, 수는 극히 적었지만 전쟁 경기로 재미를 보던 상인들…….

그러다가 고죽에게 한 계기가 왔다. 흘러흘러 총독부의 고등 문관(高等文官)을 아들로 둔 허 참봉이란 친일 지주의 식객으로 있을 때였다. 어느 때 참봉인지는 알 수 없지만 그런 대로 서화를 알아보는 눈이 있는 참봉 영감은 가끔씩 원근의 묵객들을 불러 술잔이나마 대접하는 것을 낙으로 삼고 있었다. 잡곡밥이나 대두박도 없어 굶주리던 대동아 전쟁 막바지이고 보면, 실은 술잔이나마 조촐하게 내오고 몇 푼 노자라도 쥐어 주는 것이 여간한 생색이 아닐 수 없었다. 게다가 친일 지주라고는 해도 일찍 고등 문관 시험에 합격한 아들을 둔 덕에 일제의 남다른 비호를 받고 있다는 것뿐, 영감이 팔 걷고 나서 일본 사람들을 맞아들인 것은 아니어서, 청이 들어오면 대부분의 묵객들은 기꺼이 필낭을 싸들고 왔다. 그런데 고죽이 머물고 있는 동안에 공교롭게도 운곡 선생이 찾아들었다. 고죽은 반가웠다. 그는 스승 석담 선생의 몇 안 되는 지음(知音)의 하나였을 뿐만 아니라 고죽 자신도 육칠년 가까이나 그에게서 한학을 익힌 인연이 있었다. 결과야 어떠했건 결혼도 그의 중매에 의한 것이었고, 석담의 문하를 떠날 때 고죽을 가장 잘 이해한 것도 그였다. 그러나 고죽의 반가운 인사에 대한 운곡 선생의 반응은 뜻밖이었다.

"흥, 조상도 없고, 스승도 없고, 처자도 없는 천하의 고죽이 이 하찮은 늙은이는 어찌 알아보누?"

한때 고죽이 객기로 썼던 삼무자(三無子)란 호를 찬바람 도는 얼굴로 그렇게 빈정거린 운곡 선생은 허 참봉의 간곡한 만류도 뿌리치고 선 채로 되돌아섰다.

"석담이 죽을 때가 되긴 된 모양이로구나. 너 같은 것도 제자라고 돌아올 줄 믿고 있으니…… 괘씸한 것."

그것이 대문간을 나서면서 운곡이 덧붙인 말이었다. 평소에 온후하고 원만한 인품을 지녔기에 운곡의 그러한 태도는 고죽에게 그야말로 절구공이로 정수리를 얻어맞은 듯한 충격을 주었다.

그렇지 않아도 고죽은 이미 그런 떠돌이 생활에 지칠 대로 지쳐 있었다. 애초에 그를 사로잡았던 적막과 허망감은 감상적인 여정(旅情)이나 속인들의 천박한 감탄 또는 얕은 심미안(審美眼)이 던져 주는 몇 푼의 돈으로 달랠 수 있는 것이 아니었으며, 그런 것들에 뒤따르는 값싼 사랑이나 도취로 호도(糊塗)할 수 있는 것도 아니었다.

거기다가 나이도 어느새 마흔을 훌쩍 뛰어넘어, 지칠 줄 모르던 그의 피도 서서히 식어 가기 시작했다.

아마도 그 뒤에 있었던 오대산 여행은 꺼지기 전에 한 번 빛나는 불꽃과 같은 그의 마지막 열정에 충동된 것이었으리라. 운곡 선생에 이어 허 참봉에게 작별을 고한 그는 그 길로 오대산을 향했다. 그 어느 산사에 주지로 있는 옛 벗의 하나를 바라고 떠난 것이었으나, 이미 그 때껏 해온 과객(寡客) 생활의 연장은 아니었다. 막연히 생각해 오던 늙은 스승에게로의 회귀가 이제는 더 이상 미룰 수 없는 일이 되면서, 그에 앞서 일종의 자기 정화(自己淨化)가 필요함을 느꼈기 때문이었다.

무사히 그 산사에 이른 뒤 그는 거의 반년에 가까운 기간을 선승(禪僧)처럼 지냈다. 그러나 십 년에 걸쳐 더께 앉은 세속의 먼지는 스승에 대한 오래된 분노와 더불어 쉽게 씻어지지 않았다. 새봄이 와도 석담의 문하로 돌아간다는 일은 좀체 흔연해지지 않았던 것이다.

그러던 어느 날이었다. 오전에 상좌중을 도와 송기(松肌)를 벗겨 내려온 그는 잠깐 법당 뒤 축대에 앉아 땀을 식히고 있었다. 그런데 그런 그의 눈에 희미하게 바랜

벽화 하나가 우연히 들어왔다. 처음에는 십이지신(十二
之神)상 중에 하나인가 하였으나 자세히 보니 아니었다.
머리는 매와 비슷하고 몸은 사람을 닮았으며 날개는 금
빛인 거대한 새였다.

"저게 무슨 새요?"

그는 마침 그곳에 나타난 주지에게 물었다. 주지가 흘
끗 그림을 돌아보더니 대답했다.

"가루라(迦樓羅)외다. 머리에는 여의주가 박혀 있고, 입

으로 불을 내뿜으며 용을 잡아먹는다는 상상의 거조(巨鳥)요. 수미산 사해(四海)에 사는데 불법수호팔부중(佛法守護八部衆)의 다섯째로, 금시조(金翅鳥) 또는 묘시조(妙翅鳥)라고 불리기도 하오.”

그러자 문득 금시벽해(金翅劈海)라는 구절이 떠올랐다. 석담 선생이 그의 글씨가 너무 재예(才藝)로만 흐르는 것을 경계하여 써 준 글귀 중의 하나였다. 그러나 그때껏 그의 머릿속에 살아 있는 금시조는 추상적인 비유에 지나지 않았었다. 선생의 투박하고 거친 필체와 연관된 어떤 힘의 상징이었을 뿐이었다. 그런데 이제 그 퇴색한 그림을 대하는 순간 그 새는 상상 속에서 살아 움직이기 시작했다. 잠깐이긴 하지만 그는 그 거대한 금시조가 금빛 날개를 퍼덕이며 구만 리 창천을 선회하다가 세찬 기세로 심해(深海)를 가르고 한 마리 용을 잡아 올리는 광경을 본 듯한 착각마저 들었다. 그제야 그는 객관적인 승인이나 가치 부여의 필요 없이, 자기의 글에서 일생에 단 한 번이라도 그런 광경을 보면 그것으로 그의 삶은 충분히 성취된 것이라던 스승을 이해할 것 같았다…….

―이튿날 고죽은 행장을 꾸려 산을 내려왔다. 해방

전 해의 일이었다.

이미 스승은 돌아가신 후였지— 고죽은 후회와도 비슷한 심경으로 석담 선생의 문하로 돌아오던 날을 회상했다. 평생을 쓸쓸하던 문전은 문하와 동도들로 붐볐다. 그러나 누구도 고죽을 반가워하기는커녕 말을 거는 이도 없었다. 다만 운곡 선생만이 냉랭한 얼굴로 말했다.

"관상명정(棺上銘旌)은 네가 써라. 석담의 유언이다. 진사니 뭐니 하는 관직은 쓰지 말고 다만, '石潭金公及儒之柩 (석담금공급유지구)' 라고만 쓰면 된다."

그러더니 이내 눈물을 쏟으며 말했다.

"그 뜻을 알겠는가? 관상명정을 쓰라는 건 네 글을 지하로 가져가겠다는 뜻이다. 석담은 그만큼 네 글을 사랑했단 말이다. 이 미련한 작자야……."

석담과 고죽, 그들 사제간의 일생에 걸친 애증이 흔적없이 사라지는 순간이었다. 그제야 고죽은 단 한 번이라도 스승의 모습을 뵙고 싶었으나 이미 입관이 끝난 후여서 끝내 다시 뵈올 수는 없었다…….

"선생님, 이제 가 보시지 않겠습니까?"

자신의 족자를 펴들고 하염없는 생각에 잠긴 고죽에게 초헌이 조심스레 말했다. 고죽은 순간 회상에서 깨어나며 천천히 몸을 일으켰다.

"가 봐야지."

그러나 다시 네 번째 화방을 나설 때였다. 갑자기 눈앞이 가물거리며 두 다리에 힘이 쑥 빠졌다.

"선생님, 웬일이십니까?"

초헌이 매달리듯 그의 팔에 의지해 축 늘어지는 고죽을 황급히 싸안으며 물었다.

"괜찮다. 다른 곳엘 가 보자."

고죽은 그렇게 말했으나 마음뿐이었다. 이상한 전류 같은 것이 등골을 찌르며 지나가더니 이마에 진땀이 스몄다. 그러다가 다섯 번째 화방에 들러서는 정신조차 몽롱해졌다.

"이제 그만 돌아보시지요. 가 봐야 이제 선생님의 작품은 더 나올 게 없을 겁니다."

화방 주인도 그렇게 권했다. 그러나 고죽은 쓰러지듯 응접 소파에 앉으면서도 초헌에게 이르기를 잊지 않았다.

"너라두 나머지를 돌아보아라. 만약 나온 게 있거든

이리로 연락해.”

　초헌은 그런 고죽의 안색을 한동안 살피다가 말없이 화방을 나갔다.

　“작품을 거두어 무엇에 쓰시렵니까?”

　한동안을 쉬자 안색이 돌아오고 숨결이 골라진 고죽에게 화방 주인이 넌지시 물었다. 그것은 몇 달 전부터 화방 골목을 떠도는 의문 중의 하나였다. 그러나 고죽은 그 누구에게도 내심을 말하지 않았다. 그날도 마찬가지였다.

　“다 쓸 데가 있네.”

　“그럼 소문대로 고죽 기념관을 만드실 작정이십니까?”

　기념관이라— 고죽은 희미하게 웃었다. 그러면서도 가슴속에서는 형언할 수 없는 쓸쓸함이 일었다. 내가 말한들 자네들이 이해해 주겠는가.

　“그것도 괜찮은 일이지.”

　고죽은 그렇게 말하고는 슬쩍 말머리를 돌렸다.

　“저거 진품인가?”

　분명 진품이 아닌 줄 알면서도 그가 가리킨 것은 추사

를 임모(臨摸)한 예서 족자였다. 書法有長江萬里 書藝如

孤松一妓 (서법유장강만리 서예여고송일기)— 원래 병풍의 한

폭이니 족자가 되어 떠돌 리 없었다.

"운봉(雲峰)이란 젊은이가 임서한 것인데 제법 탈속한

격(格)이 있어 받아 두었습니다."

화방 주인도 그렇게 대답하며 그 족자를 바라보았다.

“그렇구먼……”

고죽은 희미한 옛사람의 자태를 떠올리듯 추사란 이름을 떠올리며 의미 없는 눈길로 그 족자를 한동안 살폈다. 한때 그 얼마나 맹렬하게 자기를 사로잡았던 거인이었던가.

석담 선생의 집으로 돌아온 고죽은 그 뒤 거의 십 년 가까이나 두문불출 스승의 고가를 지켰다. 한편으로는 외롭게 남은 사모(師母)와 늦게 들인 스승의 양자를 돌보면서, 한편으로는 새로운 수업에 들어갔다. 이미 다 거쳐 나온 것들로 여겨 온 여러 서체를 다시 섭렵하기 시작한 것이었다.

그는 모공정(毛公鼎), 석고문(石鼓文)으로부터 진(秦), 한(漢), 삼국(三國), 서진(西晋)에 이르기까지 여러 금석 탁본들을 새로이 모으고, 종요(鍾繇), 위관(衛瓘), 왕희지 부자(父子)로부터 지영(智永), 우세남(虞世南)에 이르는 남파(南派)와 삭정(索靖), 최열(崔悅), 요원표(姚元標) 등으로부터 구양순(歐陽詢), 저수량(楮遂良)에 이르는 북파(北派)의 필첩을 처음부터 다시 살폈다. 고죽이 만년에 보인 서권기로 미루어 그동안의 학문적인 깊이도 한층 더해졌음에 틀림이 없다. 문 밖에서는 해방과 동족 상잔의 전쟁이 휩쓸어 가고 있었으나 그 어떤 혼란도 고죽을 석담 선생의 고가에서 끌어내지는 못했다.

그 서결을 통해서 석담 문하에 들어선 고죽이 추사와 새롭게 만나게 된 것도 그 기간 동안이었다. 그 거인은 처음 한동안 그가 힘들여 가고 있는 길 도처에서 불쑥불쑥 나타나 감탄을 자아내다가 이윽고는 온전히 그를 사로잡고 말았다. 일찍이 경험해 보지 못한 일로, 그것은 특히 스승 석담에 대한 새삼스런 이해와 사모에서 비롯된 것이었다. 생전에 스스로 밝힌 적은 없었지만 분명 스승은 추사의 학통을 잇고 있었다. 아마도 스승은 그 마지막 전인(傳人)이었으리라. 그리고 스승이 가르침에 있어서 그토록 말을 아낀 것은 그와 같은 거인의 가르침에 더 보탤 것이 없어서였을 것이다.

그러나 추사도 끝까지 고죽을 사로잡고 있지는 못했다. 스승 석담이 일찍이 그를 받아들일 것을 주저했으며, 생전 내내 경계하고 억눌렀던 고죽의 예인적인 기질이, 승화된 형태이긴 하지만 차츰 되살아나기 시작한 것이었다. 먼저 고죽이 끝내 받아들일 수 없었던 것은 추사의 예술관이었다. 예술은 예술로서만 파악되어야 한다고 보는 고죽의 입장에서 보면 추사의 예술관은 학문과 예술의 혼동으로만 보였다. 문자향(文子香)이나 서권기는 미를 구현하는 보조 수단 또는 미의 한 갈래일 수는 있어도 그것이 바로 미의 본질적인 요소거나 그 바탕일 수는 없었다. 그럼에도 추사에게 그토록 큰 성취를 볼 수 있었던 것은 다만 그 개인의 천재에 힘입었을 뿐이었다. 거기다가 그의 서화론이 깔고 있는 청조(淸朝)의 고증학(考證學)은 겨우 움트기 시작한 우리 것(國風)의 추구에 그대로 된서리가 되고 말았으며, 그만한 학문적인 뒷받침이 없는 뒷사람에 이르러서는 이 땅의 서화가 내용 없는 중국의 아류로 전락돼 버리게 한 점도 고죽을 끝까지 사로잡을 수 없던 원인이었다. 결국 추사는 스승 석담처럼 찬란하고 존경할 만한 거인이기는 하지만 예술에 있어서의 노선(路線)까지 따를 만한 사람은 아니었다.

　화방 주인의 예상대로 초헌은 한 시간쯤 뒤에 빈손으로 돌아왔다. 나머지 여섯 곳을 다 돌았지만 밤사이에 나온 고죽의 작품은 없었다는 게 그의 대답이었다.

고죽은 말리는 그를 억지로 앞세우고 시립 도서관으로 향했다. 그 책임자를 달래 그곳에 있는 권학문(勸學文) 한 폭을 되거둬들이기 위해서였다. 그러나 결국 거기서 일은 벌어지고 말았다. 융통성 없는 관장과 언성을 높이다가 혼절해 버린 것이었다.

고죽이 눈을 뜬 것은 오후 늦게서였다. 자기 방에 누워 있었는데 주위에는 몇몇 낯익은 얼굴들이 근심스런 표정으로 둘러앉아 있었다. 고죽은 천천히 눈을 돌려 그들을 살펴보았다. 무표정한 초헌 곁에 두 사람의 옛 제자가 앉아 있고 그 곁에 운 흔적이 있는 추수가 앉아 있다가 눈을 뜬 고죽에게 울먹이는 소리로 물었다.

"아버님, 이제 정신이 드십니까?"

고죽은 대답 대신 고개만 끄덕이고 계속하여 주위를 둘러보았다. 추수 곁에 다시 낯익은 얼굴이 하나 앉아 있었다. 고죽에게는 첫 번째 수호 제자(受號弟子)가 되는 난정(蘭丁)이었다. 뻔뻔스러운 놈……. 그를 보는 고죽의 눈길이 험악해졌다. 난정은 고죽이 석담 선생의 고가에 칩거할 초기부터 나중에 서실을 연 직후까지 거의 십 년

세월을 고죽에게서 배웠다. 나이 차가 불과 십여 년밖에 안 되고, 입문할 때 벌써 사십에 가까웠으며, 또 나름대로 어느 정도 글씨를 익힌 상태였지만, 그래도 어디까지나 호까지 지어 준 어엿한 제자였다. 그런데 어느 날부터 갑자기 발길을 뚝 끊더니 몇 년 후에 스스로 서예원을 열었다. 고죽은 자기에게 한마디 말도 없이 떠난 제자가 서운했지만, 기가 막힌 것은 그 뒤였다. 난정이 스스로를 석담 선생의 제자라고 내세우면서 고죽은 단지 사형(師兄)으로 그와 함께 십여 년 서화를 연구했다고 떠벌리고 다닌다는 소문 때문이었다. 고죽은 불같이 노해 그의 서예원으로 달려갔다. 함부로 배분(配分)을 높인 제자를 꾸짖으러 간 것이었지만 결과는 난정을 여러 사람 앞에서 시인해 준 꼴이 되고 말았다.

"어이구, 형님, 웬일이십니까?"

수많은 문하생들 앞에서 그렇게 빙글거리며 시작한 그는 끝까지 '아이구, 형님'이요, '우리가 함께 수련할 때……'였다. 그리고는 여러 사람 앞에서 자신을 욕한 고죽을 석담 선생이 살아 있을 때 몇 번 드나든 것을 앞세워 모욕죄로 법정에까지 불러들였다. 십여 년 전의 일

이었다.

"아버님, 이 분께서 아버님의 대나무 두 폭을 가져오셨어요."

난정을 보는 눈이 험악해지는 것을 보고 추수가 황급히 설명했다.

"선생님께서 거두어들인다시기에…… 제가 가진 것을 전부 가져왔습니다."

그렇게 더듬거리는 난정에게도 옛날의 교활함은 보이지 않았다. 그도 벌써 육십에 가까운가—못 본 지난 십여 년 사이에 눈에 띄게 는 주름을 보며 고죽은 가만히 눈을 감았다. 그러나 가슴속의 응어리는 쉽게 풀어지지 않았다.

"알았네. 가 보게."

잠시 후 간신히 끓는 속을 가라앉힌 고죽이 힘없이 말했다.

"그럼…… 여기 두고 가겠습니다."

난정도 어쩔 수 없다는 듯 그렇게 말하며 어두운 얼굴로 방을 나갔다. 잠시 방안에 무거운 침묵이 흘렀다. 다시 추수가 그 침묵을 깨뜨렸다.

"재식(在植)이 오빠에게서 전화가 있었어요."

"언제 온다더냐?"

"밤에는 도착할 거예요. 윤식(潤植)이에게도 연락할까
요?"

"그래라."

고죽이 한숨처럼 나직이 대답했다. 재식이는 죽은 본
처에게서 난 맏아들이었다. 원래 남매를 보았으나 딸아
이는 6·25 때 죽고 그만 남은 것이었다. 윤식이는 마
지막으로 데리고 살던 할멈에게서 난 아들로 고죽에게
는 막내인 셈이었다. 재식이는 벌써 마흔셋, 부산에서
장사를 하고 있었고, 윤식이는 갓 스물로 서울에서 대학
을 다니고 있었다. 별로 자상한 아버지는 못 되었지만,
통상으로 아들들을 생각하면 언제나 어린 윤식이가 마
음에 걸렸다. 겨우 열세 살 때 어머니를 잃고 이복누이
인 추수 손에 자라난 탓이리라. 그러나 그날만은 왠지
재식의 얼굴이 콧마루가 찡하도록 그립게 떠올랐다. 찌
들어가는 중년 남자로서가 아니라 거지와 다름없이 떠
도는 걸 찾아왔을 때의 열여섯 소년인 얼굴이었다. 그리
고 그와 함께 몇 십 년을 거의 잊고 지낸 본처의 얼굴이

떠올랐다.

　고죽이 운곡 선생의 중매로 아내를 맞은 것은 스물두 살 때의 일이었다. 운곡 선생의 먼 질녀뻘이 되는 경주 최문(崔門)의 여자였다. 얼굴은 곱지도 밉지도 않았지만 마음씨는 무던해서 고죽의 기억에는 한 번도 그녀가 악을 쓰며 대들던 모습이 없다. 그러나 그들의 결혼은 처음부터 그리 행복한 것은 못 되었다. 고죽의 젊은 날을 철저하게 태워 버린 서화에의 열정 때문이었다. 신혼의 몇몇 날을 제외하면 고죽은 거의 하루의 전부를 석담 선생의 집에서 보내었고, 집에 돌아와서도 정신은 언제나 가사(家事)와는 먼 곳에 쏠려 있었다. 생계를 꾸려 가는 것은 언제나 그녀의 몫이었다. 수입이라고는 이따금씩 들어오는 붓 값이나 석담 선생이 갈라 보내는 쌀말 정도여서 그녀가 삯바느질과 품앗이로 바쁘게 돌아도 항상 먹을 것 입을 것은 부족하였다.

　그래도 고죽이 석담 문하에 있을 때는 나았다. 정이야 있건 없건 한지붕 아래서 밤을 보냈고, 아이들도 남매나 낳았으며, 가끔씩은 가장으로서 할 일도 해 나갔기 때문

이었다. 그러나 고죽이 석담의 문하를 떠나면서부터 그
나마도 끝나고 말았다. 온다간다 말도 없이 훌쩍 집을 나
선 그는 그 뒤 십 년 가까운 세월을 떠돌면서 처자를 까
마득히 잊고 지냈다. 아직 살아 있는지 죽었는지조차도
모르는 사람에게는 미안한 일이지만, 고죽에게 있어서
아내와 아이들은 거북살스러워도 참고 입어야 하는 옷
같은 존재였다. 하나의 구색 또는 필요만큼의 의무였으

며—그것이 그토록 훌훌 아내와 아이들을 떨치고 떠날 수 있었던 이유였고, 또한 한번 떠난 후에는 비정하리만치 깨끗이 그들을 잊을 수 있었던 이유였다.

실제로 아내는 몇 번인가 여기저기 수소문 끝에 고죽을 찾아온 적이 있었다. 그러나 그때마다 고죽은 뒷날 스스로도 잘 이해 안 될 만큼의 냉정함으로 그녀를 따돌리곤 했다. 어린 남매를 데리고 어렵게 살아가는 그녀에 대한 연민보다는 자기 삶의 진상을 보는 듯한 치욕과 까닭 모를 분노 때문이었으리라. 단 한 번 딸을 업고 그가 묵고 있는 여관을 찾아온 그녀에게 돈 칠 원과 고무신 한 켤레를 사 준 적이 있는데 그것도 아내와 자식이었기 때문이라기보다는 헐벗고 굶주린 자에 대한 보편적인 동정심에 가까웠다. 그때 아내의 등에 업힌 딸아이는 신열로 들떠 있었고, 먼지 앉은 아내의 맨발에 꿰어져 있던 고무신은 코가 찢어져 자꾸만 벗어지려고 하고 있었다. 그러나 그나마도 그것이 마지막이었다.

견디다 못한 아내는 결국 고죽이 집을 나선 지 오 년 만에 어린 남매와 함께 친정으로 의지해 갔다. 고죽이 매향과 살림을 차리던 그해였다. 그리고 다시 이듬해는

친정 오라버니가 있는 대판(大阪)으로 이주해 버린 후 다시는 돌아오지 않았다. 듣기로는 그곳에서 오빠의 권유로 개가하였다고 한다. 나중에 데려가기로 하고 친정에 맡겨 둔 남매를 끝내 데려가지 않은 것으로 보아 그 소문은 사실임에 틀림없었다. 고죽이 다시 재식 남매를 거두어들인 것은 오대산에서 내려와 석담 문하로 돌아온 몇 해 후였는데, 그때 재식은 벌써 열여섯, 그 밑의 딸아이는 열한 살이었다.

고죽은 그가 아내를 돌보지 않은 것에 대해 한 번도 미안하게 생각해 본 적이 없듯이 자기와 아이들을 버리고 떠난 그녀를 결코 원망하지 않았다. 그것은 평생 동안 수없이 그를 스쳐간 모든 여자들에게도 마찬가지였다. 매향처럼 살림을 차렸던 몇몇 기생들이나 노년을 함께 보낸 두 할멈은 물론 서화로 맺어졌던 여류(女流)들도 지속적인 열정으로 그를 사로잡지는 못했던 것이다. 상대편 여자들이 어떠했건 고죽의 그런 태도만으로 그의 삶은 쓸쓸하게끔 운명지워져 있었던 셈이다.

그렇다면 내가 진정으로 열렬하게 사랑했던 것은 무엇이었을까. 내가 일생을 골몰하여 얻고자 했던 것은 무엇이었을까……. 그사이 하나 둘 빠져나가고 초헌만 목상처럼 앉아 있는 병실을 힘없이 둘러본 고죽은 다시 짙은 비애와도 흡사한 회상 속으로 빠져 들어갔다. 물론 그것은 서화였다. 이미 보아 온 것처럼 그에게는 애초부터 가족이나 생활의 개념이 없었다. 소유며 축적이란 말도 그에게는 익숙한 것이 아니었고, 권력욕이나 명예욕 같은 것에 몸달아 본 적도 없었다. 언뜻 보기에는 분방스럽고 다양해도 사실 그가 취해 온 삶의 방식은 지극히 단순했다. 자기를 사로잡는 여러 개의 충동 중에서 가장 강한 것에 사회적인 통념이나 도덕적 비난에 구애됨이 없이 충실하는 것, 말하자면 그것이 그를 이해하는 실마리이기도 한 그의 행동 양식이었다. 그런데 가장 세차면서도 일생을 되풀이된 충동이 바로 미적(美的) 충동이었고, 거기에 충실하는 것이 그의 서화였던 것이다.

하지만 결국 그것이 내게 무엇을 줄 수 있었단 말인가. 고죽은 다시 자조적인 기분이 되면서 스스로에게 물었다. 아직도 그것이 내게 무엇을 줄 수 있다는 것인가…….

스승 석담과의 관계에서 알 수 있듯이, 고죽의 전 반

생(前半生)은 두 개의 상반된 예술관 사이에 끼어 피 흘리며 괴로워한 세월이었다.

동양에서의 미적 성취, 이른바 예술은 어떤 의미로 보면 통상 경향적(傾向的)이었다. 애초부터 통치 수단의 일부로 출발한 그것은 그 뒤로도 끝내 정치 권력의 그늘을 벗어나지 못했으며, 때로는 학문적인 성취나 종교적 각성에 의해서까지도 침해를 입었다. 충성이나 지조 따위가 가장 흔한 주제가 되고, 문자향이니 서권기니 하는 말과 마찬가지로 도골 선풍(道骨仙風)이니 선미(禪味)니 하는 말이 일쑤 그 높은 품격을 나타내는 말로 쓰이는 것이 그 예일 것이다.

물론 서양에 있어서도 근세까지는 사정이 이와 별반 다르지 않았다. 오랜 기간 예술은 제왕이나 영주(領主)들의 궁성을 꾸미거나 권력이며 부(富)에 기생하였고, 또는 신의 영광을 찬양하는 데 바쳐지기도 했다. 그러나 시민 사회의 형성과 더불어 그들의 예술은 주체성을 획득하고 팔방 미인격인 동양의 예술가와는 다른 그 특유의 인간성을 승인받았다.

다시 말해 그들은 예술을 강력한 인접 가치로부터 독립

시키고, 예민한 감수성이나 풍부한 상상력 같은 이른바 예술적 재능도 하나의 사회적 가치로 가하게 된 것이다.

그런데 고죽이 태어날 때만 해도 시대는 아직 동양의 전통적인 예술관에 얽매여 있었다. 예인(藝人)은 대부분 천민 계급에 속해 있었으며, 그들의 특질은 역마살이나 무슨— '기'로 비웃음의 대상이었다. 예술의 정수는 여전히 학문적인 것에 있었고, 그 성취도 도(道)나 선정(禪定)에 비유되고 있었다. 그리고 석담 선생은 아마도 끝까지 그런 견해에 충실했던 마지막 사람이었다.

서구적인 견해로 보면 고죽은 타고난 예술가였다. 그러나 석담 선생의 눈에는 천박하고 잡상스런 예인 기질에 지나지 않았다. 만약 고죽이 개성이 보다 약했거나 그가 태어난 시대가 조금만 일렀다면, 그들 사제간의 불화는 그토록 길고 심각하지는 않았을 것이다. 하지만 고죽은 자기의 예술이 그 본질과는 다른 어떤 것에 얽매이는 것을 못 견뎌 했고, 점차 시민 사회로 이행해 가는 시대도 그런 그의 편에 서 있었다. 정말로 그들 사제간을 위해 다행한 것은 스승의 깊은 학문에 대한 제자의 본능적인 외경(畏敬) 못지않게, 스승에게도 제자의 타고난 재

능에 대한 애정이 남아 있어 늦게나마 화해가 이루어진
일이었다.

그러나 석담 선생의 문하로 돌아왔다고 해서 고죽의
정신적인 방황이 끝난 것은 아니었다. 다시 십 년간의
칩거를 통해 고죽은 스승의 전통적인 예술관과 화해를
시도했지만 끝내 뜻을 이루지 못했다. 추사에의 앞 뒤
없는 몰입과 어쩔 수 없는 이탈이 바로 그 과정이었다.

그 뒤 다시 이십 년—나름대로는 끊임없이 연마하고
모색해 온 세월이었지만 과연 나는 구하던 것을 얻었던
가. 그러다가 고죽은 혼절하듯 잠이 들었다.

고죽이 이상한 수런거림에 다시 눈을 뜬 것은 이미
날이 저문 후였다.

"곧 통증이 시작될 것입니다. 그러나 막아 드리지요."

누군가가 그렇게 말하며 이불을 젖혔다. 정 박사였다.
이어 살갗을 뚫고 드는 주사 바늘의 느낌이 무슨 찬바람
처럼 몸을 오싹하게 했다. 방안에 앉은 사람들의 수가 늘
어 있었다. 고죽은 직감적으로 그것이 무엇을 뜻하는지
알 수 있었다.

"아버님, 절 알아보시겠습니까? 재식입니다."

주사 바늘을 뽑기가 무섭게 언제 왔는지 아들 재식이 울먹이며 손을 잡았다. 열여섯에 거두어들인 후로도 언제나 차가운 눈빛으로 집안을 겉돌던 아이, 그 아이가 첫 번째로 집을 나간 일이 새삼 섬뜩하게 떠오른다. 제 이름이라도 쓰게 하려고 붓과 벼루를 사 준 이튿날이었다. 망치로 부수었는지 밤톨만한 조각도 찾기 힘들 만큼 박살이 난 벼루와 부챗살처럼 쪼개 놓은 붓대, 그리고 한 움큼의 양모(羊毛)만 방안에 흩어 놓고 녀석은 사라지고 없었다. 그 뒤 그가 군에 입대할 때까지 고죽은 속깨나 썩었었다. 낙관도 안 찍은 서화를 들고 나가기도 하고, 금고를 비틀어 안에 든 것을 몽땅 털어 가기도 했다. 그러나 제대하고 돌아와서부터 기세가 좀 숙여지더니, 덤프 트럭 한 대 값을 얻어 나간 후로는 씻은 듯이 발길을 끊었다. 그가 다시 고죽을 보러 오기 시작한 것이 마흔 줄에 접어든 재작년부터였다.

"윤식이도 왔어요."

추수가 흐느끼는 윤식의 손을 끌어 고죽의 남은 손에 쥐어 주었다. 그녀의 눈은 이미 보기 흉할 정도로 부어 있었다. 각각 어미 다른 불쌍한 것들, 몹쓸 아비였다. 이제 너희에게 남기는 약간의 재물이 아비의 부족함을 조금이라도 메워 줄는지……. 고죽은 이미 그들 삼남매를 위해 유산을 몫지어 놓았다. 근교에 있는 과수원은 재식의 앞으로, 서실 건물은 윤식이 앞으로, 그리고 살고 있는 집은 추수에게, 그리고 보니 나머지 동산(動産)으로 문화상(文化賞)이라도 하나 제정할까 하던 계획을 취소한 것이 새삼 잘했다는 생각이 들었다. 평생을 무관하게 지내 온 사회라는 것에 대해 삶의 막바지에 와서 그런 식으로 아첨하고 싶지는 않은 탓이었다.

"이 사람들, 진정하게. 사람을 이렇게 보내는 법이 아니야."

둘러앉은 사람들 중에서 어떤 여자 하나가 흐느끼는 삼남매를 말렸다. 그리고 그들을 대신하여 고죽의 두 손을 감싸쥐면서 가만히 물었다.

"절 알아보시겠어요?"

벌써 약효가 퍼지는지 고죽은 풀리는 시선을 간신히 모아 그녀를 바라보았다. 옥교(玉僑)라는 여류 서예가였다. 고죽의 첩이라는 소문이 파다하게 돌 정도로 한때 몰두했던 여자였는데, 지금은 근교에서 자신의 서실을 가지고 조용히 살고 있었다. 알지, 알고말고……. 그러나 무슨 말을 하기도 전에 혼곤한 잠이 먼저 고죽을 사로잡았다.

금시조가 날고 있었다. 수십 리에 뻗치는 거대한 금빛 날개를 퍼덕이며 푸른 바다 위를 날고 있었다. 그러나 그 날갯짓에는 마군(魔軍)을 쫓고 사악한 용을 움키려는 사나움과 세참의 기세가 없었다. 보다 밝고 아름다운 세계를 향한 화려한 비상의 자세일 뿐이었다. 무어라 이름할 수 없는 거룩함의 얼굴에서는 여의주가 찬연히 빛나고 있었고, 입에서는 화염과도 같은 붉은 꽃잎들이 뿜어져 나와 아름다운 구름처럼 푸른 바다 위를 떠돌았다. 그런데 그 거대한 등 위에 그가 있었다. 목깃 한 가닥을 잡고 미끄러지지 않으려고 애쓰면서 매달려 있었다. 갑자기 금시조가 두둥실 솟아오른다. 세찬 바람이 일며 그의 몸이 쏠려 깃털 한 올에 대롱대롱 매달린다. 점점 손에서 힘이 빠진다. 아아……. 깨고 보니 꿈이었다. 꽤 오랜 시간을 잔 모양으로, 마루의 괘종 시계가 새벽 네 시임을 알리는 소리가 들렸다. 진통제의 기운이 걷힌 탓인지 형용할 수도 없고 부위도 짐작이 안 가는 그야말로 음험한 동통이 온몸을 감돌고 있었지만, 정신만은 이상하게 맑았다.

문병객은 대부분 돌아가고 없었다. 남은 것은 벽에 기대어 잠들어 있는 재식이 형제와 책궤에 엎드려 자고 있는 초헌뿐이었다. 고죽은 가만히 상체를 일으켜 보았다. 뜻밖에도 쉽게 일으켜졌다. 허리의 동통이 조금 가라앉은 것 같았다. 그러나 문득 자기가 할 일이 남았다는 것을 상기했다.

"상철아."

고죽은 조용한 목소리로 초헌의 이름을 불렀다. 미욱해 보이는 얼굴에 비해 잠귀는 밝은 듯 초헌은 몇 번 부르지 않아 머리를 들었다.

"서, 선생님, 무슨 일이십니까?"

잠이 덜 깬 눈에도 상체를 벽에 기대고 있는 고죽이 이상하게 보이는 모양이었다. 그는 황급히 일어나 고죽을 부축하려고 무릎걸음으로 다가왔다. 그러나 고죽은 손짓으로 그를 저지한 후 말했다.

"벽장과 문갑에서 그간 거두어들인 서화를 꺼내라."

"네?"

"모아 놓은 내 글씨와 그림들을 꺼내 놓으란 말이다."

그러자 초헌은 일어나서 시키는 대로 했다. 여기저기서 꺼내 놓고 보니 이백 점이 훨씬 넘었다. 액자는 모두 빼 없앴는데도 제법 방 한구석에 수북했다.

"아버님, 뭘 하십니까?"

그제야 재식이와 윤식이도 깨어나 눈을 비비며 궁금한 듯 물었다. 고죽의 행동이 거의 아픈 사람 같지 않아서, 간밤에 정 박사가 한 말은 잊어버린 모양이었다. 그러나 고죽은 대답 대신 초헌에게 물었다.

"이 방의 불을 좀더 밝게 할 수 없겠느냐?"

"스탠드가 어디 있는 것을 보았는데…… 한번 찾아보겠습니다."

여간해서는 고죽이 하는 일을 캐묻지 않는 초헌이 그렇게 말하며 밖으로 나가더니 잠시 후에 스탠드 하나를 찾아왔다. 방안이 갑절이나 밝아지자 고죽은 초헌에게 명했다.

"지금부터 그걸 하나씩 내게 펴 보이도록 해라."

초헌은 여전히 말없이 고죽이 시키는 대로 했다. 첫 장은 고죽이 오십대에 쓴 것으로 우세남(虞世南)의 체를 받은 것이었다.

"우백시(虞佰施)의 글인데, 오절(五節 : 덕행, 충직, 박학, 문사 등)을 제대로 본받지 못했다. 왼쪽으로 미뤄 놓아라."

그다음은 난초를 그린 족자였다.

"이미 소남(所南 : 정사초)을 부인해 놓고 오히려 석파(石坡 : 대원군)의 그늘을 벗어나지 못했구나. 산란(山蘭)도 심란(心蘭)도 아니다. 왼쪽으로 미뤄 놓아라."

고죽은 한폭 한폭 자평(自評)을 해 나갔다. 오랜 원수의 작품을 대하듯 준엄하고 냉정한 평이었다. 글씨에 있

어서는 법체(法體)를 본받은 경우에는 그 임모(臨模)나 집
자(集字)의 부실함을 지적하여, 그리고 자기류(自己流)의
경우에는 그 교졸(巧拙)과 천격(賤格)을 탓하면서 모두 왼
편으로 제쳐 놓았다. 그림에 있어서도 마찬가지였다. 옛
법의 엄격함에다 자신의 냉정한 눈까지 곁들이니, 또한
오른편으로 넘어갈 게 없었다.

　새벽부터 시작한 그 작업은 아침 해가 높이 솟을 때까
지 계속되었다. 나중에 정 박사가 몇 번이고 감탄했던
것처럼 거의 초인적인 정신력이었다. 아침부터 몰려든
사람들로 고죽의 넓은 병실은 어느덧 발 디딜 틈 없이
빽빽해졌다. 그러나 엄숙한 기세에 눌려 누구도 그 과도
한 기력의 소모를 말릴 엄두를 못 냈다. 고죽도 초헌 외
에는 아무도 느끼지 못하는 것 같았다.

　그러다가 열 시가 넘어서야 분류가 끝났다. 초헌의 오
른쪽으로 넘어간 서화는 단 한 폭도 없었다.

　"더 없느냐?"

　마지막까지 간절한 기대에 찬 눈으로 자신의 작품을
검토하고 있던 고죽이 더 이상 제자의 무릎 앞에 놓인
서화가 없는 것을 뻔히 보면서도 이상하게 불안에 떨리

는 목소리로 물었다.

"네."

초헌이 무감동하게 대답했다. 그러자 고죽의 얼굴에 일순 처량한 빛이 떠돌더니 그때까지 꼿꼿하던 고개가 힘없이 떨구어지며 그의 몸이 스르르 무너져 내렸다. 무슨 끔찍한 일이라도 당한 줄 알고 몇 사람이 얕은 외마디 소리와 함께 고죽 주위로 모였다. 그러나 고죽은 그 순간도 명료한 의식으로 내면의 자기에게 중얼거리고 있었다. 결국 보이지 않았다. 나 역시 일생에 단 한 번이라도 그걸 보고자 소망했지만, 어쩌면 소망은 처음부터 이룰 수 없는 것이라는 걸 실은 알고 있었는지도 모르지. 그래서 마지막 순간까지 이 일을 미루어 온 것인지도 모르지…….

그렇다면 고죽이 그의 일생에 걸친 작품에서 단 한 번이라도 보고자 했던 것은 무엇이었을까. 그것은 바로 그 새벽의 꿈에서와 같은 금시조였다. 원래 그 새가 스승 석담으로부터 날아올 때는 굳센 힘이나 투철한 기세 같은 동양적 이념미의 상징으로서였다. 그러나 고죽이, 끝내 추사에 의해 집성되고 그 학통을 이은 스승 석담에게서 마지막 불꽃을 태운 동양의 전통적 서화론에서 벗어나게 되면서 그 새 또한 변용되었다. 고죽의 독자적인 미적 성취 또는 예술적 완성을 상징하는 관념의 새가 되어 버린 것이었다.

이미 생애 곳곳에서 행동적으로 표현되긴 하였지만, 특히 후인을 지도하면서 보낸 마지막 이십 년 동안에 뚜렷이 드러나게 된 고죽의 서화론은 대개 두 가지 점으로 요약될 수 있었다. 그 하나는 전통적인 견해가 글씨로써 그림까지 파악한 데 비해 그는 그림으로써 글씨를 파악하려는 점이었다. 만약 글씨를 쓴다는 것이 문자로 뜻을 전하는 과정에 불과하다면 서예란 일생을 바칠 만한 의미가 없어지고 만다. 붓으로도 몇 달이면 뜻을 전할 만큼은 되고, 더구나 연필이나 볼펜 같은 간단한 필기구가 나온 지금에는 단 며칠로도 충분하다. 그러므로 서예는 의(意)에 있는 것이 아니라 정(情)에 있으며, 글씨보다는 그림으로 파악되어야 한다. 특히 서예가 상형 문자인 한문을 표현 수단으로 사용하는 동양권에서만 발달하고 표음 문자를 쓰는 서양에서는 발달하지 못한 것도 그 까닭이다. 그런데도 글씨로만 파악했기 때문에 처음부터 그림이었던 문인화(文人畵)까지도 문자의 해독을 입고 끝내 종속적인 가치에 머물러 있었다—이것이 고죽의 주장이었다.

그다음 고죽의 서화론에서 특징적인 것은 물화(物畵)와 심화(心畵)의 구분이었다. 물화란 사물을 있는 그대로 표현하면서 거기다가 사람의 정의(情意)를 의탁하는 것이고, 심화란 사람의 정의를 드러내기 위해 사물을 빌려오되 그것을 정의에 맞추어 가감하고 변형시키는 것인데, 아마 서양화의 구상·비구상에 대응하는 것 같다. 고죽은 전통적인 서화론에서 그 두 가지가 묘하게 혼동되어 있음을 지적하면서 그 구분을 주장하였다. 그리고 서화가에 있어서 그 둘의 관계는 우열의 관계가 아니라 선택적일 뿐이며, 문자향이니 서권기 같은 것은 심화에서의 한 요소이지 서화 일반의 본질적인 요소일 수는 없다고 생각했다.

따라서 고죽의 금시조는 그런 서화론의 바다에서 출발하여 미적 완성을 향해 솟아오르는 관념의 새였다. 죽음을 생각해야 할 나이에 이르면서부터 고죽이 마음속에 간직하고 있던 서원(誓願)의 하나는 자기의 붓끝에서 날아가는 그 새를 보는 일이었다. 그는 그것으로 자신의 일생에 걸친 추구가 헛되지 않았으며 쓸쓸하고 괴로웠던 삶도 보상될 것으로 믿었다. 그런데—그는 끝내 그 새를 보지 못했다. 그가 힘없이 자리로 무너져 내린 것은 단순히 기력을 지나치게 소모한 탓만은 아니었다.

그 자리에 있던 제자들이나 친지들은 고죽이 다시는 깨어나지 못할 것으로 생각했으나, 그는 채 오 분도 되지 않아 다시 눈을 떴다. 그리고 주위의 만류에도 불구하고 전처럼 상체를 일으키더니 뚜렷한 목소리로 초헌을 불렀다.

"이걸, 싸서 밖으로 가지고 나가거라. 장독대 옆 화단이다."

"?……."

좀체 스승의 말을 되묻지 않는 초헌도 그때만은 좀 이상한 모양이었다.

"나는 저것들로 일평생 나를 속이고 세상 사람들을 속여 왔다. 스스로 값진 일을 하고 있다고 착각하고, 당연한 듯 세상 사람들의 감탄과 존경을 받아들였다.

"무슨 말씀을⋯⋯."

"물론 그와 같은 삶이 있을지도 모르지. 그러나 나는
아니다."

"⋯⋯."

"조금 전까지만 해도 나는 그것들에서 솟아오르는 금
시조를 보기를 간절히 원했다. 그것으로 내 삶이 온전한
것으로 채워질 줄 알았다. 그러나 지금은 설령 내가 그
새를 보았다 한들 과연 그러할지 의문이다."

"⋯⋯."

"자, 그럼 이제는 시키는 대로 해라. 이것들을 남겨 두
면 뒷사람까지도 속이게 된다."

그러자 초헌은 말없이 서화 꾸러미를 안고 문을 나섰
다. 스승의 참뜻을 알아들었기 때문인지, 아니면 더는
명을 거역할 수 없기 때문인지는 알 수 없지만, 자리에
있던 사람들은 아무도 그런 초헌을 말리러 나서지 않았
다. 언제부터인가 고죽을 감돌고 있는 이상한 위엄과 기
품에 압도된 탓이었다.

"문을 닫지 마라."

초헌이 나가고 누군가 문을 닫으려 하자 고죽이 말렸

다. 그리고 마당께로 걸어가고 있는 초헌을 향해 임종을
앞둔 병자답지 않게 높고 뚜렷한 목소리로 말했다.

"거기다. 모두 내려놓아라."

방안에서 한눈에 들어오는 장독대 곁 화단이었다.
몇 포기 시들어 가는 풀꽃 옆에 초헌이 서화 꾸러미를
내려놓자 고죽이 다시 소리 높여 명령했다.

"불을 질러라."

그제야 방안이 술렁거렸다. 일부는 고죽을 달래고 일부는 달려나와 초헌을 붙들었다. 모두가 쓸데없는 소란이었다. 자기를 달래는 사람들을 거들떠보지도 않은 채 고죽이 돌연 벽력 같은 호통을 쳤다.

"어서 불을 붙이지 못할까!"

그런데 알 수 없는 것은 초헌이었다. 그 역시 까닭 모르게 노한 얼굴이 되어 잠깐 고죽을 노려보더니, 말리려는 사람을 거칠게 제쳐 버리고 불을 질렀다. 뒷날 고죽을 사이비(似而非)였다고까지 극언한 것으로 보아, 그의 내면에 숨겨져 있던 석담 선생적(的)인 기질이 고죽의 그 철저한 자기 부정(自己否定) 또는 지나친 자기 비하(自己卑下)에 반발한 것이리라. 마를 대로 마른 종이와 헝겊인데다가 개중에는 기름까지 먹인 것도 있어 서화 더미는 이내 맹렬한 불꽃으로 타올랐다. 신음 같은 탄식과 숨죽인 흐느낌과 나지막한 비명들이 여기저기서 터져 나왔다.

어떤 사람들에게는 고죽 일생의 예술이 타고 있었다. 어떤 사람에게는 그 처절한 진실이 타오르고 있었고, 또 어떤 사람에게는 고죽의 삶 자체가 타는 듯도 보였다.

드물게는 불타는 서화 더미가 그대로 그만한 고액권 더미처럼 보이는 사람도 있었다. 반세기 가깝게 명성을 누려온 노대가, 두 대통령이 사람을 보내 그의 서화를 얻어 가고, 국전 심사 위원도 한마디로 거부한 고죽의 진적(眞蹟)들이 한꺼번에 타 없어지고 있는 것이었다.

그러나 그때 고죽은 보았다. 그 불길 속에서 홀연히 솟아오르는 한 마리의 거대한 금시조를, 찬란한 금빛 날개와 그 힘찬 비상을.

—고죽이 숨진 것은 그날 밤 여덟 시경이었다. 향년 일흔두 살.

이문열

한 젊은 예술가의 초상

김욱동(문학 비평가, 서강대 교수)

우리나라 작가 가운데에서 이문열만큼 다양한 소재로 작품을 쓰는 작가는 아마 찾아보기 드물 것 같다. 옛 그리스 신화에 나오는 미다스 왕처럼 그는 어떤 삶의 경험에서 작품의 소재를 취해 오건 하나같이 황금으로 만들어 버리는 놀라운 재주를 지니고 있다. 지금까지 그가 취해 온 소재가 한두 가지가 아니지만 그 가운데에서 예술가를 빼놓을 수 없다. 이문열은 그동안 예술가를 소재로 한 작품을 많이 썼고, 그의 작품에는 흔히 '예술가 소설(퀸스틀러로만)'로 일컬을 수 있는 작품이 의외로 많다. 예를 들어 김삿갓이라는 별명으로 더욱 잘 알려진 김병언을 소재로 한 장편소설 〈시인〉(1991)을 비롯하여 〈들소〉(1979)나 〈금시조〉(1981) 같은 중편소설이 바로 그러하다. 이문열을 일약 문단의 반열에 올려놓은 작품 〈젊은 날의 초상〉(1981)도 예술가 소설과 그렇게 동떨어져 있지 않다. 예술가 소설이란 나이 어린 주인공이 온갖 역경을 겪으며 예술가로 성장해 나가는 과정을 그린 작품으로 넓게 보면 '성장 소설(빌둥스로만)'의 테두리에 들어간다.

그런데 이러한 예술가 소설에서는 이문열의 예술관을 잘 읽을 수 있다. 한마디로 그의 예술관은 유미주의적 또는 탐미주의적이라고 할 수 있다. 그는 예술을 정치적 이데올로기의 시녀로 삼거나 윤리나 도덕을 전달하는 수신 교과서로 삼는 것에 대하여 아주 못마땅하게 생각한다. 예술은 다른 어떤 영역이나 분야에도 '양도할 수 없는' 그 나름대로의 분명한 목적과 기능이 있다는 것이다. 〈젊은 날의 초상〉에서 이문열은 "아름다움은 모든 가치의 출발이며 끝이었고, 모든 개념의 집체인 동시에 절대적 공허였다. 아름다워서 진실할 수 있고 진실하여 아름다울 수 있다"고 밝힌다. 그동안 이문열이 문학의 사회적 기능에 무게를 싣는 리얼리즘 계열의 비평가로부터 날카로운 비판을 받아 온 것도 이와 무관하지 않다.

〈금시조〉는 여러모로 이문열의 예술가 소설 가운데에서도 가장 대표적인 작품이라고 할 만하다. 이 작품의 주인공 고죽은 어찌 보면 작가 자신의 자화상으로 보아도 크게 틀리지 않는다. 거의 평생에 걸친 치열한 애증의 감정에도 불구하고 자신의 은인이며 스승인 석담을 받아들일 수 없다. 스승과 제자가 이렇게 끝내 타협할 수 없었던 것은 마치 물과 불처럼 서로 첨예하게 대립되는 그들의 예술관 탓 때문이다. 퇴계(退溪) 이황(李滉)의 학통을 이어받았다는 영남 명유(明儒)의 후예인 석담은 추사(秋史) 김정희(金正喜)의 예술관을 그대로 받아들인다. 글씨에서 석담은 힘을 중시하고 기(氣)와 품(品)을 숭상하는 반면, 고죽은 아름다움을 중시하고 정(情)과 의(意)를 드러내고자 한다. 그림에서도 석담이 자신의 내심에 충실하려는 심화(心畵)를 높이 여기는 반면, 고죽은 대상에 충실하려는 물화(物畵)를 높이 여긴다.

석담과 고죽이 보여주는 예술관의 차이는 그 유명한 매죽(梅竹) 논쟁에서 극명하게 드러난다. 사군자 가운데에서도 특히 대나무와 매화를 즐겨 그리는 석담은 만년에 이르러 큰 변화를 겪는다. 잎과 꽃이 무성하고 그 줄기가 힘차게 뻗던 대나무와 매화는 후년으로 가면 갈수록 빈약해진다. 스승의 그러한 화법에 불만을 느끼는 고죽이 어느 날 "선생님께서는 어째서 대나무의 잎을 따고 매화의 꽃을 훑어 버리십니까?" 하고 묻는다. 그러자 석담은 "망국의 대나무가 무슨 흥으로 그

잎이 무성하며, 부끄럽게 살아남은 유신(遺臣)의 붓에서 무슨 힘이 남아 매화를 피우겠느냐?" 하고 대꾸한다.

"서화는 심화(心畵)이니라, 물(物)을 빌려 내 마음을 그리는 것인즉 반드시 물의 실상(實相)에 얽매일 필요는 없다."

"글씨 쓰는 일이며 그림 그리는 일이 한낱 선비의 강개(慷慨)를 의탁하는 수단이라면, 그 얼마나 덧없는 일이겠습니까? 또 그렇다면 장부로 태어나 일평생 먹이나 갈고 화선지나 더럽히는 것이 얼마나 부끄러운 일입니까? 모르긴 하되 나라가 그토록 소중한 것일진대는, 그 흔한 창의(倡義)에라도 끼어들어 한 명의 적이라도 치고 죽는 것이 더욱 떳떳할 것입니다. 그런데도 가만히 서실에 앉아 대나무 잎이나 떼어내고 매화나 훑는 것은 나를 속이고 물을 속이는 일입니다."

"그렇지 않다. 물에 충실하기로는 거리에 나앉은 화공이 훨씬 앞선다. 그러나 그들의 그림이 서푼에 팔려 나중에 방바닥 뚫어진 것을 메우게 되는 것은 뜻이 얕고 천했기 때문이다……."

고죽과 석담은 이번에는 예(藝)와 도(道)를 두고 논쟁으로 이어진다. 예도(藝道) 논쟁이라고 부르는 이 논쟁에서 이 두 사람은 서화의 궁극적인 목적에 대하여 첨예한 대립을 보인다. 석담이 서화를 도로 파악하려고 하는 반면 고죽은 예로 파악하려고 한다. 고죽과는 달리 석담은 무엇보다도 서권기(書卷氣)와 문자향(文字香)을 중시한다.

"선생님 서화는 예(藝)입니까, 법(法)입니까, 도(道)입니까?"

"도다."

"그럼 서예(書藝)라든가 서법(書法)이라는 말은 왜 있습니까?"

"예는 도의 향이며, 법은 도의 옷이다. 도가 없으면 예도 법도 없다."

"예가 지극하면 도에 이른다는 말이 있습니다. 예는 도의 향이 아니라 도에 이르는 문이 아니겠습니까?"

"장인들이 하는 소리다. 무엇이든 항상 도 안에 있어야 한다."

"그렇다면 글씨며 그림을 배우는 일도 먼저 몸과 마음을 닦는 일이겠군요?"

"그렇다. 그래서 왕우군(王右軍)은 비인부전(非人不傳)이란 말을 했다……"

결국 이 두 논쟁을 고비로 고죽은 석담과 영원히 결별을 하게 된다. 그 뒤 고죽은 예도의 문제와 관련하여 다시 한 번 스승의 심기를 크게 건드린다. 글씨를 쓰다가 탄식하는 석담을 보고 고죽은 "……도대체 종이에 먹물을 적시는 일에 도가 있은들 무엇이며, 현묘(玄妙)함이 있은들 그게 얼마나 대단하겠습니까? 도로 이름하면 백정이나 도둑에게도 도가 있고, 뜻을 어렵게 꾸미면 장인이나 야공(冶工)의 일에도 현묘함이 있습니다……” 하고 빈정거리기에 이른다. 이 말에 몹시 화가 난 석담은 고죽을 향하여 벼루 뚜껑을 집어던진다. 이러한 사건이 있은 뒤 곧바로 고죽은 영원히 석담의 집을 나와 방황하다가 스승이 사망하였다는 소식을 듣고서야 비로소 그의 집으로 다시 돌아오는 것이다.

이렇듯 석담의 눈에 고죽은 ‘천박하고 잡스런 예인’에 지나지 않지만 또 다른 예술 이론의 관점에서 보면 그는 ‘타고난 예술가’이다. 고죽에 대하여 이 소설의 화자는 “자기의 예술이 그 본질과는 다른 어떤 것에 얽매이는 것을 못 견뎌 했고, 점차 시민 사회로 이행해 가는 시대도 그런 그의 편에 서 있었다”라고 말한다. 〈시인〉에 등장하는 취옹이나 만년의 김병언처럼 그는 예술을 공리적·실용적인 도구나 수단으로 삼으려고 하지 않는다. 예술은 다른 어떤 가치에도 종속되어 있지 않고 그 자체로서 분명한 존재 이유와 자기 목적성을 지니고 있다고 생각하기 때문이다. 더욱이 고죽이 살았던 시대도 그의 편에 서 있었다는 화자의 말에 주목할 필요가 있다. 근대에 이르러 우리나라에서도 예술은 동양의 효용론적 예술관의 멍에를 벗어던지고 점차 주체성을 획득하기 시작하였음을 지적하는 말이다.

제자가 지나치게 재예로만 흐르는 것을 경계하기 위하여 스승이 써 준 "金翅劈海 香象渡河 (금시벽해 향상도하)"라는 글귀에 나오는 금시조는 고죽이 일생에 걸쳐 추구해 온 예술적 이상과 다름없다. 자신의 작품을 불태워 버리기 바로 직전 잠시 혼곤한 잠에 드는 고죽은 곧 입으로 불을 내뿜으며 용을 잡아먹는다는 전설의 새 금시조의 꿈을 꾼다. 그런데 고죽이 꿈에서 본 금시조는 놀랍게도 석담이 예술의 궁극적 이상태(理想態)로 제시한 금시조와는 아주 다른 모습을 하고 있다. 그 꿈속의 금시조에는 "마군(魔軍)을 쫓고 사악한 용을 움키려는 사나움과 세참의 기세가 없었다. 보다 밝고 아름다운 세계를 향한 화려한 비상의 자세일 뿐이었다"라고 화자는 말한다. 꿈속에 본 금시조야말로 다름아닌 고죽이 일생을 바쳐 추구해 온 예술적 이상을 상징적으로 보여 주고 있다.

고죽의 예술적 이상이란 바로 공리성과 효용성을 초월하여 아름다움 그 자체를 지향하는 유미주의적 예술관이다. 그런데 이러한 이상은 현실 세계에서 쉽게 이룩될 수 없게 마련이다. 고죽은 자신의 작품이 타오르는 불길 속에서 비로소 지금까지 그토록 추구하던 금시조의 모습을 처음 보게 된다. "그 불길 속에서 홀연히 솟아오르는 한 마리의 거대한 금시조를, 찬란한 금빛 날개와 그 힘찬 비상을" 보았던 것이다. 한마디로 고죽은 자신의 예술적 이상이 실패로 끝났음을 솔직히 인

정하면서도 일생에 걸쳐 지켜 온 유미주의적 예술관을 끝까지 고집한다. "가장 세차면서도 일생을 되풀이된 충동이 바로 미적 충동이었고, 거기에 충실하는 것이 그의 서화였다"는 화자의 말은 이 점을 잘 뒷받침해 준다. 고죽이 죽기에 앞서 자신의 작품들을 모두 불태워 버리는 행위에 대하여 이문열 자신도 "자신의 예술적 성취에 대한 부정이었지 삶의 방식 자체를 부정하는 것은 아니었다"라고 밝힌 적이 있다.

〈금시조〉를 쓰는 데 이문열은 추사 김정희한테서 큰 영향을 받은 듯하다. 제목으로 사용하고 있는 금시조나 이 가공의 새에 대한 언급이 바로 김정희의 글에 나올 뿐만 아니라 실제로 추사도 이 작품에 여러 번 언급되어 있다. 석담이 고죽에게 써 준 "금시벽해 향상도하"라는 구절도 추사의 문집에 나온다. 추사는 한 글에서 "일찍 법원사(法源寺)에서 성친왕(成親王) 저하(邸下)가 쓴 글씨인 찰나문(刹那門)이라는 삼대자를 보니 금시조가 바다를 가르거나 향상(香象)이 물을 건너는 기세가 있어 우리 동쪽 나라에서는 열 명의 석봉(石峯)이라도 당할 수가 없겠으니, 만약 다시 석암(石庵)이나 담계(覃溪)의 씩씩하고 굳센 것이라면 또 어떤 모양을 짓겠는가? 나도 모르게 아찔해 올 뿐이다"라고 말하고 있다.

고죽의 예술관이 석담의 그것과 타협할 수 없다는 사실은 추사에 대한 고죽의 태도에서도 잘 드러난다. 석담은 생전에 스스로 밝힌 적은 없지만 분명히 추사의 학통을 이어받고 있는 듯하다. 어쩌면 그는 추사의 '마지막 전인(傳人)'이었는지도 모른다고 화자는 말한다. 석담이 추사의 학통을 계승하고 있다는 것은 고죽에게 글을 쓰기에 앞서 언제나 추사의 서결(書訣)을 외우도록 하는 데에서도 입증된다. 석담이 사망한 뒤 고죽은 한때 스승에 대한 새삼스런 이해와 사모의 마음에서 추사에 몰입하기도 한다. 그렇지만 추사는 석담과 마찬가지로 고죽을 끝까지 사로잡지 못한다. 중국의 예도 사상에 기초하고 있는 추사의 예술관은 고죽의 그것과는 본질적으로 다르기 때문이다.

이 소설의 화자는 "예술은 예술로서만 파악되어야 한다고 보는 고죽의 입장에서 보면 추사의 예술관은 학문과 예술의 혼동으로만 보였다. 문자향이나 서권기는 미(美)를 구현하는 보조 수단 또는 미의 한 갈래일 수는 있어도 그것이 바로 미의 본질적인 요소거나 그 바탕일 수는 없었다"라고 말한다. 그리하여 화자는 고죽에게 "추사는 스승 석담처럼 찬란하고 존경할 만한 거인이기는 하지만 예술에 있어서의 노선(路線)까지 따를 만한 사람은 아니었다"라고 분명히 밝힌다. 여기에서 '노선'이라는 말을 찬찬히 눈여겨볼 필요가 있다. 그것은 곧 한 예술가가 예술의 출발점으로 삼고 있는 문학관이나 예술관을 뜻하기 때문이다. 고죽의 예술관과 자신의 스승 석담이

나 석담의 스승이라고 할 수 있는 추사의 예술관 사이에는 건널 수 없는 심연이 가로 놓여 있는 것처럼 보인다.

그렇다면 석담의 예술관에 대한 고죽의 비판은 단순히 그의 스승에 대한 비판에 그치지 않고, 우리나라를 비롯한 동양의 예술관에 대한 비판이기도 하다. 고죽의 입장은 석담이 학통을 계승하고 있는 추사, 그리고 추사와 함께 조선조의 서예의 정점을 이루고 있는 한호(韓濩) 한석봉(韓石峯)을 비롯한 조선조 서화가들에 대한 비판과 크게 다르지 않다. 한편 고죽의 유미주의적 예술관은 비단 추사나 한호뿐만 아니라 더 나아가 퇴계를 비롯한 조선시대 유학자들의 예술관에 대한 비판으로 이어진다. 잘 알려진 바와 같이 조선조의 유학자들은 한결같이 중국 시경 전통을 물려받았다. 처음부터 정치 권력의 통치 수단의 일부로 출발한 예술은 어쩔 수 없이 정치 권력의 그늘에서 벗어날 수 없었다. 문학과 예술은 학문의 시녀나 종교의 들러리로 전락하기 일쑤였다. 그동안 중국 문화권의 영향을 받아 온 조선조의 유학자들이고 보면 문학이나 예술에서 효용론적이고 공리적 입장을 중시한다는 것은 어쩌면 지극히 당연한 일처럼 보일 것이다.

이문열

■ 1948년(1세)……서울 청운동에서 아버지 이원철(李元喆)과 어머니 조남현(曹南鉉) 사이에서 3남 2녀 중 삼남으로 태어났다. 본명은 이열(李烈).

■ 1950년(3세)……한국전쟁(6 · 25)과 함께 공산주의자였던 아버지가 월북. 어머니와 5남매는 작가의 외가 경상북도 영천군 금호면 섬돌에 잠시 머물다가 친가인 경상북도 영양군 석보면 원리동으로 이사했다.

■ 1953년(6세)……경북 안동으로 이사.

■ 1954년(7세)……안동 중앙초등학교 입학.

■ 1957년(10세)……안동에서 서울로 이사, 종암초등학교로 전학하여 공부했다.

■ 1959년(12세)……다시 경상남도 밀양읍으로 이사하고, 밀양초등학교로 전학하여 공부했다.

■ 1961년(14세)……밀양초등학교를 졸업하고, 밀양중학교에

입학하지만 6개월 만에 학교를 그만두게 된다.

■ 1962년(15세)……경북 영양군 석보면 원리동으로 다시 이사. 3년 동안 큰형이 황무지 2만여 평을 개간하는 일을 돕게 된다.

■ 1964년(17세)……고등학교 입학 검정고시에 합격, 안동고등학교에 입학.

■ 1965년(18세)……안동고등학교 중퇴, 부산으로 이사하여 3년간 별일 없이 소일함.

■ 1967년(20세)……5~6개월 동안 장티푸스로 병석에 있음. 대학 진학 준비를 하게 된다.

■ 1968년(21세)……대학 입학 검정고시에 합격, 서울대학교 사범대학 국어교육과에 입학.

■ 1969년(22세)……서울대 사범대 문학회에 가입하여 활동, 사법고시 준비 시작.

■ 1970년(23세)……서울대 사범대를 중퇴하고 사법고시에 전념.

■ 1973년(26세)……사법고시에 세 번 거듭 실패, 박필순(朴畢順)과 결혼함. 결혼과 동시에 군에 입대하여, 서울과 서부 전선에서 통신 보급병으로 근무. 맏아들 재웅(在雄)이 태어났다.

■ 1976년(29세)……군에서 전역하고 석보면 원리동으로 돌아갔으나, 곧 대구로 옮겨 2년간 학원에서 강사로 일했다.

■ 1977년(30세)……대구매일신문 신춘문예에 단편 〈나자레를 아십니까〉가 가작으로 당선. 이때부터 이문열(李文烈)이라는 필명을 사용하기 시작했다. 둘째 아들 재유(在由)가

태어남.

■ 1978년(31세)······대구매일신문사 22기 기자로 입사하여 편집부에서 근무함.

■ 1979년(32세)······동아일보 신춘문예에 중편 〈새하곡(塞下曲)〉 당선. 〈사람의 아들〉 제3회 오늘의 작가상 수상. 《사람의 아들》(민음사) 간행, 〈들소〉(『세계의 문학』 가을호), 〈심근(心筋), 그리하여 막히다〉(『문예중앙』 가을호), 〈맹춘중하(孟春仲夏)〉(『문예중앙』 가을호), 〈사라진 것들을 위하여〉(『소설문학』 10월호), 〈상처〉(『한국문학』 10월호), 〈그 해 겨울〉(『문학사상』 12월호) 발표.

■ 1980년(33세)······대구매일신문사를 그만두고 창작활동에 몰두함. 《그대 다시는 고향에 가지 못하리》(민음사), 《그해 겨울》(민음사) 간행. 〈귀향을 위한 영가〉(『문예중앙』 봄호), 〈어둠의 그늘〉(『한국문학』 3월호), 〈필론의 돼지〉(『작가 1』), 〈달팽이의 외출(外出)〉(『문학사상』 10월호), 〈충적세(沖積世), 그후〉(『월간조선』 4월호), 〈분호난장기(糞胡亂場記)〉(『현대문학』 8월호), 〈이 황량한 역(驛)에서〉(『세계의 문학』 겨울호), 〈제쳐논 노래〉(『세계의 문학』 가을호) 발표.

■ 1981년(34세)······《젊은 날의 초상》(민음사), 《어둠의 그늘》(문학예술사) 간행, 〈하구(河口)〉(『한국문학』 5월호), 〈우리 기쁜 젊은날〉(『세계의 문학』 여름호), 〈서늘한 여름〉(『문학사상』 7월호), 〈사과와 다섯 병정(兵丁)〉, 〈알 수 없는 일들〉(『한국문학』 11월호), 〈금시조(金翅鳥)〉(『현대문학』 12월호) 발표.

■ 1982년(35세)……〈금시조〉제15회 동인문학상 수상, 동남
아와 유럽을 여행. 딸 기혜(沂慧)가 태어났다. 《황제를 위하
여》(동광출판사), 《그 찬란한 여명》(심설당) 간행, 〈익명(匿
名)의 섬〉(「세계의 문학」 봄호), 〈약속(約束)〉(「한국문학」 4
월호), 〈그 세월(歲月)은 가도〉(「문학사상」 5월호), 〈칼레파타칼
라〉(「작가 3」), 〈비정(非情)의 노래〉(「정경문화」 5월호), 〈과객
(過客)〉(「소설문학」 7월호), 〈귀두산에는 낙타가 산다〉(「문학
사상」 12월호) 발표.

■ 1983년(36세)……〈황제를 위하여〉 제3회 대한민국 문학
상 수상. 평역 〈삼국지〉 자료 수집을 위하여 대만 여행.
《레테의 연가》(중앙일보사 출판국), 《금시조》(동서문화
사) 간행, 〈타오르는 추억(追憶)〉(「문학사상」 8월호), 〈두
겹의 노래〉(「현대문학」 2월호) 발표.

■ 1984년(37세)……〈영웅시대〉 제11회 중앙문화대상 수상. 일
본을 여행. 11월 다시 서울로 이사했다. 《영웅시대》(민음
사), 《미로일지》(소설문학사), 《황제를 위하여》(중앙일보사
출판국), 《달팽이의 외출(外出)》(문학예술사) 간행, 〈장려했
느니, 우리 그 낙일〉(「문예중앙」 3월호) 발표.

■ 1985년(38세)……《칼레파타칼라》(나남) 간행.

■ 1986년(39세)……《요서지》(성정출판사, 《그 찬란한 여명》
의 개작). 《그대 다시는 고향에 가지 못하리》(나남), 《황제
를 위하여》(고려원) 간행. 경기도 이천군 마장면 장암2리
에 창작실을 마련하고 집필활동 시작.

■ 1987년(40세)……〈우리들의 일그러진 영웅〉 제11회 이상
문학상 수상. 《사람의 아들》(민음사), 《구로(九老) 아리랑》

(문학과지성사), 《새하곡(塞下曲)》(열린책들), 《서늘한 여름》(심지) 간행, 〈우리들의 일그러진 영웅(英雄)〉(『세계의 문학』 여름호), 〈운수 좋은 날〉(『문예중앙』 여름호), 〈제1차 수복전쟁사〉(『월간경향』 5월호), 〈구로(九老) 아리랑〉(『현대문학』 7월호) 발표.

■ 1988년(41세)······《추락하는 것은 날개가 있다》(자유문학사), 미국과 중국 여행. 《귀두산에는 낙타가 산다》(열린책들), 《삼국지》(민음사, 평역, 전10권), 《익명(匿名)의 섬》(문학사상사) 간행.

■ 1989년(42세)······《변경》(문학과지성사), 《필론의 돼지》(동아), 《타오르는 추억(追憶)》(한겨레), 《우리가 행복해지기까지》(문이당) 간행 . 〈장군(將軍)과 박사(博士)〉(대구매일신문) 발표.

■ 1990년(43세)······소련, 동독과 서독, 스웨덴, 헝가리, 폴란드 등 여행.

■ 1991년(44세)······《시인(詩人)》(미래문학), 《사색》(살림), 《변경》(문학과지성사), 《어둠의 그늘》(안암문화사), 《시대와의 불화》(자유문학사) 간행.

■ 1992년(45세)······〈시인과 도둑〉과 〈시인(詩人)〉으로 제37회 현대문학상 수상.

■ 1993년(46세)······《오디세이아 서울》(민음사), 《미로의 날들》(미래문학), 이집트 여행. 《시인(詩人)》(미래문학, 개보판), 《우리들의 일그러진 영웅(英雄)》(민음사), 《이문열 문학상 수상 작품집》(훈민정음) 간행.

■ 1994년(47세)······학문연구의 기회를 가지고자 세종대학

교에서 교수 역임. 〈여우사냥〉(『세계의 문학』 봄호), 《시인
(詩人)》(둥지, 재출간), 《레테의 연가(戀歌)》(둥지) 각각 재출
간, 〈아우와의 만남〉(『상상』 여름호). 〈성년의 오후〉 동아
일보에 연재를 마침. 《수호지》(민음사, 평역, 전10권) 간
행.

■ 1995년(48세)······《세계문학 산책》(살림, 전 10권), 《이집
트 기행 1》(나남), 《대륙의 한(恨)》(둥지, 전 5권)

■ 1997년(50세)······창작 전념을 위해 세종대학교 교수직 사
임. 《선택》(민음사) 간행.

■ 1998년(51세)······조각가 친구의 권유로 경기도 이천시 마
장면에 땅을 구입, 뒷산 부아악(負兒岳)이라는 산의 이름을
따서 문학작가 양성을 위한 '부악문원'을 개관함. 《변경》
(문학과지성사, 전12권), 〈전야, 혹은 시대의 마지막 밤〉
《21세기 문학》 봄, 여름호.

■ 1999년(53세)······1999년 북한에서 날아온 한 통의 편지를
가지고 두 살 때 헤어진 아버지의 생존을 확인하기 위해
형인 연(然)과 함께 중국으로 향했지만 아버지의 생존을 확
인하지 못하고 망제(望祭)만 올리고 돌아옴.

■ 2000년(54세)······영양군 석보면에서 '이문열의 광이문
원' 상향식. 《아가》(민음사) 간행.

다시 읽는 이문열
금시조

| 2010년 3월 10일 발행

| 지은이_ 이문열
  펴낸이_ 박준기
  펴낸곳_ 도서출판 맑은소리
  주소_ 서울시 금천구 가산동 550-1 롯데IT캐슬 2동 1206호
  전화_ 02-857-1488
  팩스_ 02-867-1484
  등록_ 제10-618호(1991.9.18)

| ISBN 978-89-7952-119-1 03810

- 잘못된 책은 구입한 곳에서 바꾸어 드립니다.
- 값은 뒤표지에 있습니다.